漫遊世界·童心童畫

劉宗銘作品集

成爲童心・童趣漣漪擴散的中心動力
劉宗銘的斜槓人生

中華民國兒童文學學會於1984年創立至今30餘年，主辦與協辦過三次大型的繪本畫家個展，即是2011年的「天真與視野—曹俊彥兒童文學美術五十年回顧展」、2012年的「羅漢腳不是我——洪義男紀念展」，以及2012年「繪本阿公・圖畫王國—鄭明進八十創作展」。

2021年「漫遊世界．童心童畫 劉宗銘作品展」的共同主辦，延續了過往的傳統，也冀望能以此開創新局。一方面代表漫畫家/繪本畫家是兒文學會創立以來的重要成員，也希望今後有更多圖像創作者能加入學會。劉宗銘私下曾表示，鄭明進比曹俊彥大九歲，自己則比曹俊彥小九歲。這〝九歲的魔法〞傳承，可串聯出台灣戰後兒童美術生力軍崛起的藍圖。

劉宗銘從小就喜歡畫圖，初中三年級時，畫了以母親節為主題的四格漫畫〈最好的禮物〉，刊登在《時勢新聞週刊》，堪稱他創作生涯的處女作。高一暑假，他從家鄉南投埔里北上，到漫畫家劉興欽的工作室，幫忙在畫稿塗顏料、畫線框。他從少年時期開始投入漫畫的世界，至今仍創作不輟。20歲時，台灣省教育廳中華兒童叢書徵求文稿，劉宗銘的童話作品《稻草人卡卡》獲得採用，成為他的第一本文字作品，於1971年出版。年輕的劉宗銘把握各種徵文徵畫的機會，1975年以《妹妹在哪裡？》榮獲第一屆洪建全兒童文學創作獎的圖畫故事類首獎。隔年，又獲得童話類的獎項。

劉宗銘也曾與妻子陳芳美創辦幼兒文學美術刊物《小樹苗雜誌》，在台灣兒童讀物開始興茂的早年，即為台灣童書出版的豐富與多元盡一份心力。他也曾到東京兒童文學教育專門學校進修繪本創作，算是最早到日本參加繪本研修的台灣人。此外，劉宗銘長期從事繪畫教學，有機會接觸不同年齡層的孩子，因此他十分了解孩子們的世界與想法，這些都表現在他的創作上。除了漫畫、童書插畫，自寫自畫的繪本作品，劉宗銘也有純藝術的創作。不論是哪一種創作的形式，我們都可以從他的作品中，看到童真與童趣的底蘊，這是他個人的風格展現。

這次的展覽，我們可以有幸一次看足劉宗銘這五十多年來的創作軌跡，如同閱歷台灣兒童文學史重要的篇章。最後要感謝台灣兒童文學史學者洪文瓊與藍孟祥，為這個展覽編輯這本精美的專輯，成為推廣紀念與學術研究的重要資料。同時，也對劉宗銘為台灣孩童創作不懈的精神，表達敬意與感謝。

中華民國兒童文學學會第十二屆理事長

永保童心的兒文童畫家—劉宗銘

彭素華（少年小說作家）

劉宗銘——台灣知名漫畫家、插畫家、美育家、童書創作者、彩瓷藝術家，同時編導過皮影戲，參與魔奇、皮皮兒童劇團演出。他的作品除了充滿童真、幽默風趣外，多變的風格體裁，還散發著對大自然的喜愛與對世界永保探索的童心。

這樣的喜歡大自然，愛好探索世界，要從他的小時候說起。

劉宗銘在1950年出生於山間小鎮——南投縣埔里。

媽媽是位洋裁師，也是定期往霧社、日月潭等原住民部落裡工作的美髮師；每次媽媽都會牽起他的小手，帶著工具包一起去。

儘管媽媽忙碌沒辦法照顧他，陌生的環境也沒什麼朋友，但他並不覺得孤單，總是一個人到處探索，在山林間嬉戲。有一次，在山裡走著，一不小心跌落坡坎，霎時滿臉鮮血，嚇得媽媽趕緊放下手邊工作，把他送到醫院。但這樣並沒有讓年幼的心靈籠罩陰影，他依然穿梭於青山綠水的叢花小徑裡。

日式住家屋後約十五公尺高大的番石榴樹，是他的一個秘密基地，這棵樹正好長在窗邊。劉宗銘回憶：「我幾乎都是直接從窗戶爬上樹幹，每次番石榴盛產時節，我就會坐在枝椏間，邊摘邊吃，仰望藍天或者看著樹枝另一端也在分享果實的小鳥們。」

平地的稻穗蔗田、蝴蝶蜂群，山裡的綠樹曲徑、溪流瀑布，再加上從埔里盆地可遠眺合歡山夏日藍天燦燦與冬季的白雪靄靄，孕育出劉宗銘對美的獨特感受，和對大自然的喜愛。

除了喜愛大自然和小動物，劉宗銘從小是個愛哭的孩子。

據他回憶：「我真的超愛哭。小學時，每當大家一起玩遊戲，我輸了玻璃彈珠，哭！打輸了球，哭！打輸架，更哭！就連媽媽晚一點送便當到學校，也哭。」他笑說：「若是把我小時候的淚水累積起來，大概可以在上面划船了！」

不過，有一天，同學們忽然發現劉宗銘不但沒哭，而且還躲在一旁哈哈大笑，仔細一瞧，看見他手裡拿著一本書。漸漸地，劉宗銘的哭聲越來越少，而且總是面帶微笑的捧著《安徒生童話》、《格林童話》、《伊索寓言》或《新生兒童》、《漫畫大王》……他的嘴角上揚，眼睛散發光彩，與過去簡直判若兩人。從此，劉宗銘對圖像的造型、創意、表情、動態有特別的感受外，又體驗到文字的力量能為想像力插上翅膀，任其遨遊。

初中時，他就開始逐夢，希望有朝一日能成為一個會寫故事、會畫圖的人。所以他更加廣泛的閱讀，看更多的故事及漫畫、圖書，並時時臨摹。

後來受埔里陳金燦老師的啟蒙，嘗試漫畫創作。初中三年級，劉宗銘將四格漫畫

作品「最好的禮物」投稿《時事新聞周刊》，沒想到初試啼聲就獲青睞，不但獲得發表，還得到一隻麥克鋼筆作為獎勵。同時期，在《南投青年》和《鳥語月刊》、《豐年》、《聯合報》等刊物上有四格漫畫的發表。有了愉悅的創作經驗，他陸陸續續在各報紙、雜誌上投文字和漫畫稿，雖然有些作品遭到退稿，但他並沒有因此氣餒，一投再投。

所幸，他有一位支持他勇敢逐夢的爸爸，日本大學卒業的父親雖是初中老師，卻沒有讀書至上的偏見，更不會覺得繪畫沒前途。就讀第一屆省立埔里高中的劉宗銘依然鍾情於繪畫。

高中時期接受梁坤明老師的指導，在素描、水彩、水墨方面，美術天份更加獲得啟發。

當時以《阿三哥與大嬸婆》、《機器人與阿金》享譽台灣的漫畫家劉興欽，正是陳金燦老師的同學；劉宗銘非常仰慕，竟趁高中暑假自己跑去台北，到劉興欽的家中研習；劉興欽也鼓勵他努力往自己的夢想邁進，目前師生仍保持聯繫。

高中畢業，劉宗銘順利考上國立台灣藝專雕塑科就讀。進入藝術的學術殿堂，劉宗銘如虎添翼，功力倍增。以一個學生身份，先以一篇〈鐳的發現〉長篇漫畫作品榮獲教育部連環漫畫比賽首獎；隔年，又以《歡聲滿庭園》長篇漫畫再獲教育部入選獎，撰文童話故事《稻草人卡卡》獲台灣省政府教育廳出版成書，正式成為兒童文學的作家，當時他不過是個21歲的在校大學生。

軍中兩年少尉兵役退伍後，劉宗銘嘗試過兒童玩具塑造、廣告公司設計、教授兒童畫外，竟然還跑去「雲門舞集」學習現代舞，並為報社兒童版及兒童雜誌畫插圖和漫畫。

1975年，創作圖畫故事《妹妹在哪裡？》獲第一屆洪建全兒童文學首獎，隔年再以《我是黑彩龍》獲第二屆洪建全兒童文學童話類創作佳作獎。也因為他擅長漫畫與兒童文學，對藝術與文字極具精準度，又年輕富熱情，被延攬進入洪建全教育文化基金會《書評書目》出版部負責編輯、美工，並兼任視聽圖書館兒童組行政主管的工作。這段期間，他認識創辦《小樹苗》兒童雜誌、圖書編輯及童詩創作的女友陳芳美。兩人因興趣相投共結連理，締結出一段兒童文學的佳話，往後也有不少共同合作出版的作品。

永遠長不大充滿好奇心的劉宗銘於1981年學習如何製作皮影戲，撰寫劇本編導《烏龜號特快車》，在台北市耕莘文教院及台灣藝術館公演，引起熱烈的回響。他也在《幼獅少年》上創作漫畫、插圖，還固定開了〈漫畫教室〉的專欄，提供給愛好漫畫的兒童及青少年正確學習的方法。兩年的專欄之後，彙整出版了《大家一起來學漫畫》。

也許是內心有個長不大的孩子，所以劉宗銘總能站在孩童的視野去感受他們的需求； 1980年起迄今出國七十回以上，劉宗銘夫妻首航義大利，到過美國、加拿大、紐西蘭、澳洲、日本、馬來西亞、荷蘭、比利時、盧森堡、法國、德國、捷克、奧地利、匈牙利、印度、尼泊爾、史瓦帝尼、泰國、香港、新加坡、越南、埃及、英國、芬蘭、瑞典、挪威、丹麥、冰島、格陵蘭……等地遊學；將所見所聞撰寫遊記，還編繪成連環漫畫，分享心得。

他說：「作為一位兒童漫畫圖書作家，除了要有深厚的美術內涵，對於兒童文學、兒童畫、兒童心理等，都要時時充實知識，才能了解不同年紀孩子的需要和感受。」他尤其對低幼兒特別關注：「幼兒認識的字不多，對圖畫書的內容大多靠圖畫來了解，所以低幼兒圖書應該用多彩豐富的畫面，來培養閱讀的能力。」他認為讓孩子在書本中獲得深入淺出的知識，在學習中得到成就感，最重要的是還要給兒童一個快樂的童年。所以他所創作的童書，不管是插畫、漫畫或文字，都富含遊戲性與趣味性。

他甚至還曾於1986年參與「九歌兒童劇團」的前身——「魔奇兒童劇團」的巡迴公演，扮演滑稽的小丑，演技大受讚賞。他不怕醜、不怕裝傻，只為孩子帶來歡笑。

數十年的耕耘，他的畫風多變，創作媒材不斷創新，唯一不變的是幽默與純真的特質。也由於專業能力被肯定，屢獲統一企業公司、東立出版社、臺灣英文雜誌社公司、臺北市華南扶輪社、臺北大葉高島屋、行政院新聞局、文化部、國立臺灣藝教館、臺北市政府新聞處、臺北市立圖書館、新北市政府文化局、衛生署、臺新銀行、國語日報、兒童日報、交通部、紅十字會、麥當勞基金會、人間福報、遠哲科學教育基金會……等單位舉辦的漫畫、圖書、繪畫等活動評審、顧問的工作。也曾經持續在美洲世界日報、國語日報、兒童日報、小讀者、全國兒童週刊……有長、短篇漫畫及插畫作品的刊載。

這位曾經愛哭的男孩在一頭栽進漫畫與兒童文學的的天地後，數十年來獲獎無數；創作了《稻草人卡卡》、《妹妹在那裡》、《彩虹貓》、《千心鳥》、《好朋友一起走》、《哈樂》、《妙兄弟》、《頑皮貓大牙》、《阿皮的夢想》、《妙搭檔》、《妙偵探》、《20個台灣藝術家的故事》、《環遊世界五大洲》、《比一比誰最大》、《旅行拼圖》等百本以上的童書。除了教導兒童繪畫，以及社會大學的成人班漫畫教學，並在國立台灣藝術大學多媒體動畫藝術學系兼任助理教授，年齡層跨越數十年以上，目的在為兒童、青少年與社會埋下一顆顆創意美學的種子。

回顧當年那個流著眼淚鼻涕的男孩，是漫畫與兒童文學為他帶來歡笑。如今，他也一樣用『漫畫與兒童文學』為無數孩子帶來歡笑，一如他獲獎的作品《歡聲滿庭園》！

附註：本文原載於 中華民國兒童文學學會 《火金姑》2016冬季號會訊；已作增修刊載。

自 序：感受生命的愛與美好

劉宗銘

曾經去過美國佛羅里達的〝迪士尼世界〞，還有洛杉磯和日本東京的〝迪士尼樂園〞；那是個會讓人感受歡樂、流連忘返的夢幻世界。

有人認為：迪士尼樂園和多數的漫畫、動畫影片，只不過是提供小孩、青少年娛樂的產品。意思是：已經成熟的大人再去那些虛幻不實的童話世界，未免太幼稚可笑了。

正由於個人喜愛漫遊世界，參訪各國的自然美景與歷史文化；喜愛充滿創意與想像的漫畫世界；喜愛童畫世界的故事及多彩豐富的圖象，使我充滿持續繪畫創作的動力。

2021年，宗銘有幸成為不逾矩俱樂部一員，感謝新北市國立臺灣圖書館提供雙和藝廊展場，以及中華民國兒童文學學會的支援，會有紀念意義的『漫遊世界・童心童畫 劉宗銘作品展』。

配合2021回顧展，同時籌編出版這本《漫遊世界・童心童畫 劉宗銘作品集》的紀念專輯；包含了個人年表、作品目錄，還有漫畫、圖畫書、藝術創作、即興創作等代表作，及美育、戲劇、論述、遊記、照片、寫生…等內容。

這本紀念專輯，承蒙前兒童日報總編輯洪文瓊兄來主編，前臺東大學教育系退休的藍孟祥講師執行美編，語教所畢業的吳淑玲老師支援文稿打字、校對等事務，在此表達衷心的感謝。

感謝漫畫界、出版界、兒童文學界、美育界，及超過50年來曾經合作過的畫友、作家、編輯和師長們，有大家的支持與鼓勵，我才能夠盡情的去創作、發表和展現。

1971年，在臺灣省政府教育廳出版的中華兒童叢書《稻草人卡卡》，是我進入兒童文學界的首部作品；感謝潘人木先生。

1975年，第一屆洪建全兒童文學創作獎，《妹妹在那裏？》是我在圖畫書自寫自畫的首部作品；感謝簡靜惠女士。

感謝何政廣先生主編中華兒童叢書時期，邀約漫畫和插畫出版有15本之多，加上再版印刷也有近百萬冊吧！尤其在東華書局出版《千心鳥》四季歌系列的四本圖畫書，對我來說意義重大。

感謝前愛樂幼稚園蘇美櫻園長、臺寧幼稚園蕭愛蓮園長、信誼幼稚園陳婉貞園長，臺灣藝大多媒系、復興商工漫畫社、味全文化教育基金會等單位，讓我除了個人創作之外，在美育、漫畫教學方面，也有發揮所長的空間。

感謝內人陳芳美，我們曾經努力過的《小樹苗月刊》和超過40年的生活，相信有許多珍貴的回憶。我們將會繼續去感受生命的愛與美好。

目 次

夏の遊
2014.5.24.

好眞，包紅有年新
恭
賀
新
喜
劉宗銘 編繪
探偵糊迷
小蝸牛
阿明哥
周年慶，買萬元以上，選別墅
我就圈選 2 吧！
恭喜您，獲得和別墅合照留念的機會。
拍照
住一夜
住一周
半價出租
小調皮
古谷

漫畫

小泰山 2001
大牙（頑皮貓）1985
（鳥語）1966
阿皮
土蛋
小蝸牛 1996
快快 慢慢 1981
小福 大福（小兄弟）1983
小福 大福（妙兄弟）1983
畫家
大肚蛙 1985
胖胖（小福氣）1983
皮八 哈樂 1981
2002
阿來/阿去（迷糊偵探）1994
劉宗銘「漫畫角色大集合」2003繪
阿明哥 1968
阿美
小貞
哈樂（機器人） 小凱 1982
哈里（跆拳狗）1982
花生象
谷（小調皮）1975
阿胖 尖嘴 1983

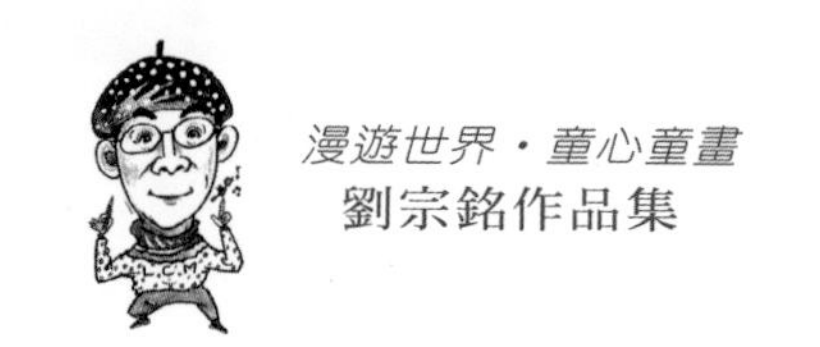

由漫畫到圖畫書

劉宗銘

我們並不否定文字的敘述功能，但是，由於漫畫或圖畫書的欣賞，遠較閱讀文字要來的輕鬆，愉快；因此，一般大、小讀者們，自然而然地喜歡具有幽默性、想像性、奇怪地、好玩的漫畫及圖畫書。他們大多不想要過多的理論和思考，這是人們取閱書報、雜誌時，首先看圖片、漫畫的原因。

漫畫的想像力延伸了兒童思維的觸鬚，更突破了空間對他們的束縛；經由 誇張的造型，往往使孩童從那些不可能發生的事物中，獲得現實無法滿足的補償。而漫畫圖書的人物表情和各種動態，兼具趣味性的內容，更是強而有力地吸引住兒童們純真的心。

一個漫畫家必須有深厚的美術涵養和精確的素描、速寫基礎，才能細膩而適切地運用各種技法去做作造型，去編繪故事劇情，期以圖文並茂的在讀者們的眼前展現。

漫畫家由於經過長久的訓練，培養出自編、自導、自寫、自畫的豐富想像力；他們知道漫畫對兒童們具有極強的吸引力，希望父母與老師們也能夠對漫畫做深入的了解，有了更多的認識以後，會贊同與鼓勵畫家透過漫畫作品，達到文化教育的功能。

當然，由於畫家內在的思維創意，以及對人生、社會種種問題看法的不同，也就有了許多不同種類的漫畫家；有政治漫畫者、致力社會教育漫畫者、重幽默漫畫者，亦有關心兒童教育的漫畫家……。

一位優秀的兒童漫畫圖書作家，需要廣泛涉獵各種專業常識與知識，除了畫技的磨練以外，其他方面如：兒童文學、兒童畫、兒童生理學、心理學等亦須充實，才能夠深入了解不同年紀孩童的感受。如此，創作的圖書才能感動大小讀者。

一般的漫畫書為了節省成本，大都是以黑白印刷處理，版本小，字體也小 ，僅勉強可供中、高年級學童閱讀，若是想提供給低、幼兒閱讀欣賞，是極為不妥的。

國外有許多出名的漫畫家非常重視低、幼兒閱讀的出版物；而顯然的，低、幼兒識字不多，只能認知極少的單字，內容的領會幾乎全靠圖畫。因此，漫畫家以多彩的畫面，用更大的畫幅，以適於低、幼兒欣賞的角度去繪作圖畫書，其風格往往是非常獨特的。

事實上，以漫畫風格為低、幼兒繪作插圖的造型，往往都是活潑而奇特的，這類型的作品以美國的兒童圖書佔大多數，日本也不少。一般歐洲方面的兒童圖畫書插圖較重視寫實風格，以古典畫風的筆觸繪作，藝術氣息非常濃厚。

漫畫風格的圖書特色，在於畫家靈活的運用線條描繪人物及背景，表情豐富，動作較為誇大，以輔助線條來增加動感，角色的造型是有個性的；另方面，色調往往是鮮明的。

美國的漫畫家蘇斯博士（Dr. Seuss），他繪出的角色及寫作的圖畫書，在表達故事內容，甚至教兒童語彙、字母方面極為生動有趣，廣受家長、老師和學生的喜愛。

漫畫是以線條為主要表現方法的一種圖畫，有單幅、四格、六格不等，或以短篇、中篇、長篇連環等多種方式傳達，以生動活潑的線條，表現民間故事、神話故事、或是創作故事等多樣性的內容，傳達畫家的意念與構想，這就是漫畫呈現的特質了。

無論是成人、青少年和兒童，對圖畫性的「視覺語言」，總是很容易去體會，並感受其內容的。這就是漫畫家運用靈感，以簡明易懂的圖畫及簡短的文字對白，替代冗長文字敘述的緣故。

曾獲得國際安徒生插畫獎的摩利士・辛達克（Maurice Sendak）被譽為廿世紀最偉大的插畫家；其早年純藝術的美感訓練和繪畫技巧的研習，經常的兒童素描和速寫練習，加上漫畫的聯想，組合的造型非常獨特。

兒童們需要各種不同類型的畫家來為他們的圖畫書作畫，他們需要漫畫風格的圖畫書，他們需要版畫風格的圖畫書，他們需要剪貼的、攝影的、影偶的、色鉛筆的、剪紙的、水彩的……各式各樣風格的圖畫書。

每位有心為兒童、幼兒從事圖畫書撰文繪圖的作家，都需要尋找出適於自己表現的風格，有如玫瑰花，或是菊花；有如松樹，或是柳樹；有如大象，或是長頸鹿……能擁有其特色，才顯得珍貴。

筆者赴日本東京兒童教育專門學校專修繪本創作，學員中有媽媽、圖書館館員，殘障學校老師、幼教老師及一般公司職員、大學美術科系學生……等，大家都共同地對兒童的圖畫書感到興趣和關心，而無論其是否受過美術教育的訓練，幾乎大家多多少少都能畫幾筆，畫出自己構思的故事。

我發覺，這主要的因素要歸功於日本國民自幼年開始，就有許多機會接觸漫畫書，有看卡通、漫畫，甚至小學課本也是精美的漫畫風格插圖，怪不得孩童愛看，自然而然地也學會了簡易的線條和造型。

當我們欣賞國外畫家所繪漫畫風格的圖畫書以後，相信大家會贊同漫畫家為兒童所做的努力。面對那些精緻的圖畫書，我感謝作家與畫家們付出的愛心，也感受到無比的生命力在那兒；而我更相信：成功不在一朝一夕，而是長久的努力與奉獻了。

不明標價　劉宗銘

「爺爺最愛種蘭花，也有人來買他的蘭花；你要這一盆，我看，是1—2—0—0，對，一元二角，你拿去好了。」

LCM

60.11.22

1971/11

大相士
未卜先知
手相
「太太，你是大富大貴的命。」
‧劉宗銘作‧

××監獄
×馬戲團
獅
「差不多再兩分鐘就自由了！」
‧劉宗銘作‧

1975/04

1975/05

1970/12

鼠年記趣

1984/01

1986/01

1987/02

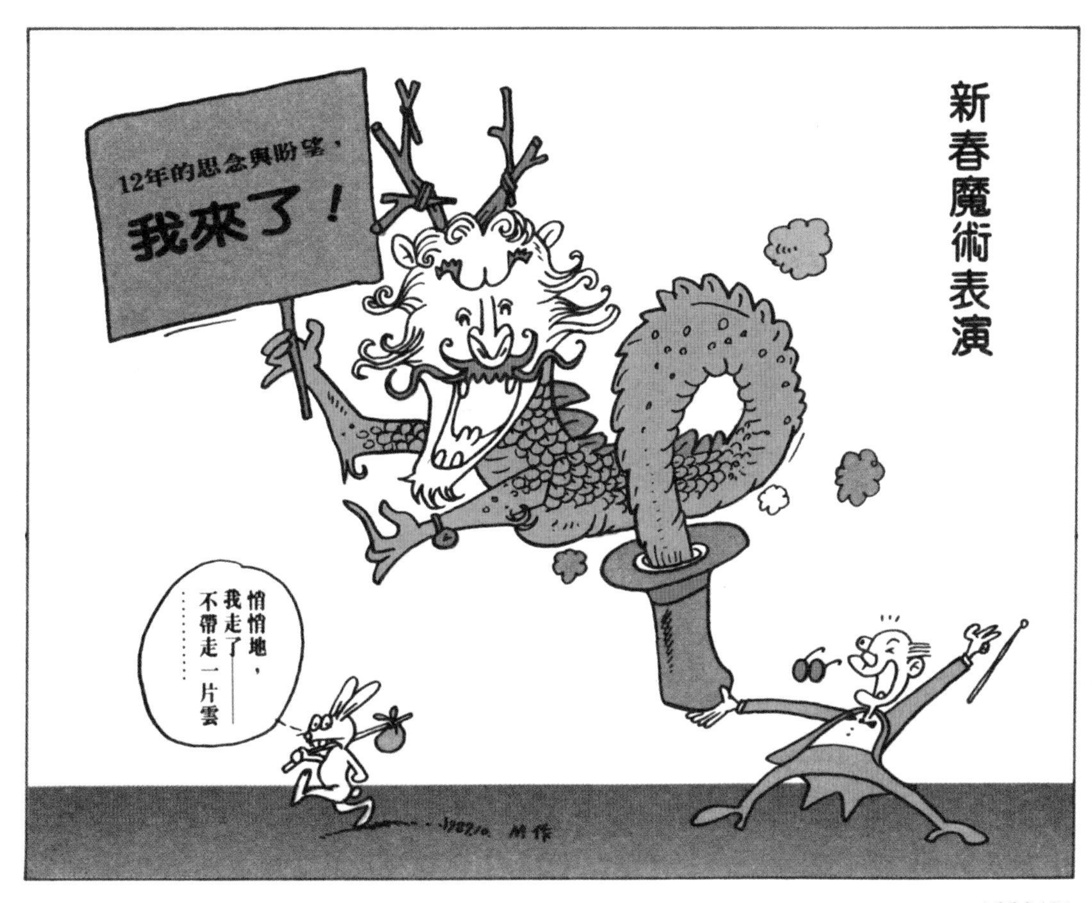

1988/01

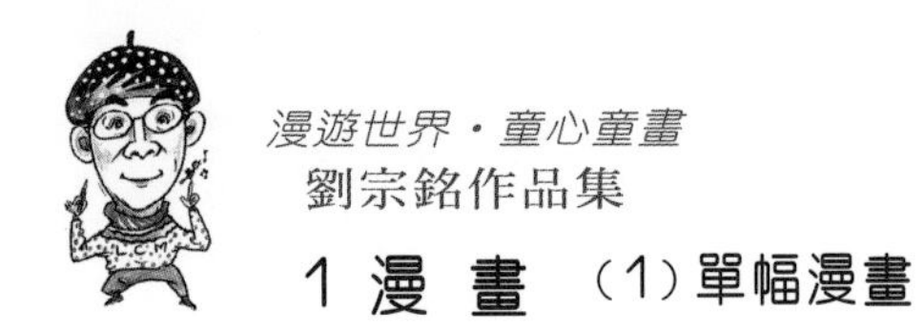

1989/01

劉宗銘

1990/01

1990/10

1982/01

2001/

(2) 四格漫畫

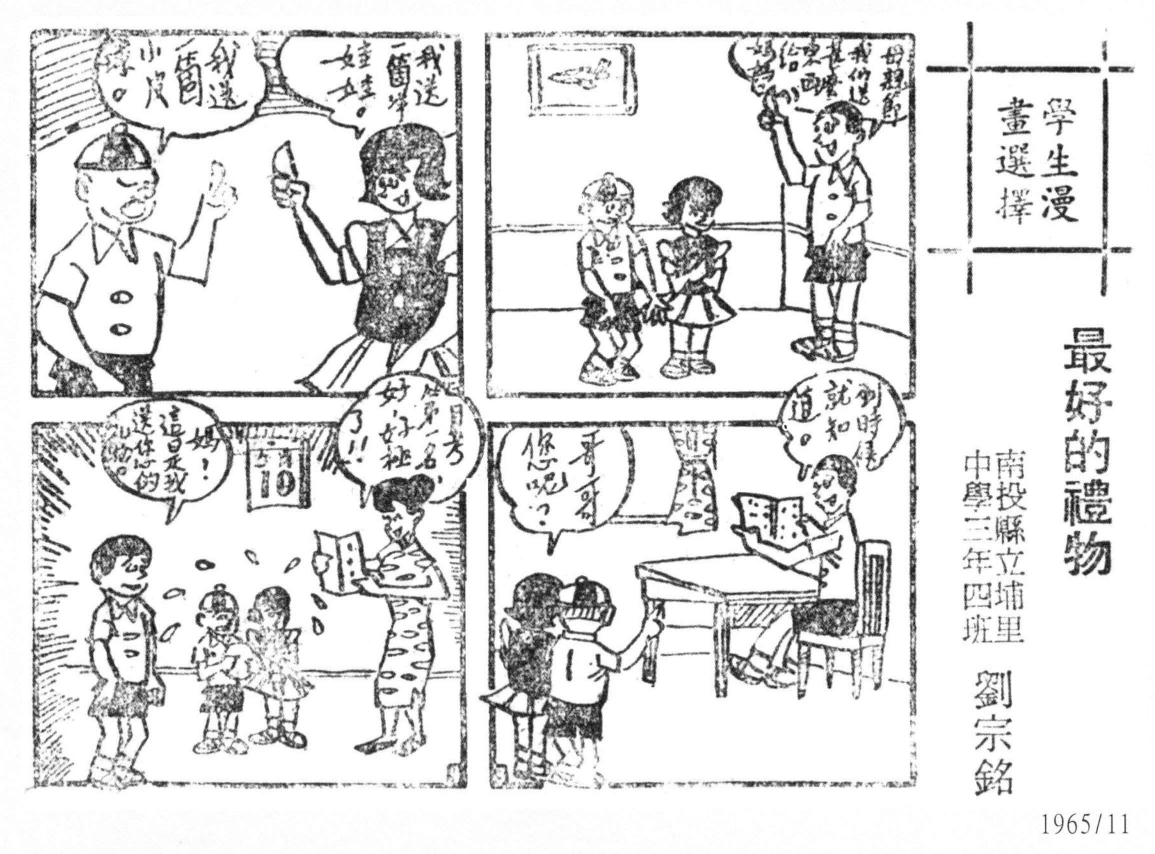

最好的禮物

南投縣立埔里中學三年四班　劉宗銘

1965/11

最佳禮物

劉宗銘

到底是什麼好東西？

吱　吱

1965/

阿明哥
劉宗銘作
2
春天到，百花開，小草，蜂蝶對我微笑
長空萬里青山碧水啊風景真美。
安弟，阿明哥的畫好不好？
給五毛錢就說您畫的好
1
2
3
4

1968/

先見之明
卡漫画
1
2
Z
Z
3
4

1966/

自吹自擂
—劉宗銘—
我有飛彈、火箭、潛艇、噴射机……
真偉大。
碰
!
飛彈、火箭、噴射机、潛艇都沒有了。嗚……
上月球
劉銘
月球号
幾分鐘後，即可到達月球了。
出發
咻
奇怪，月球怎麼和地球一樣？
4/17
自我安慰
劉宗銘
這是現在要試発的飛彈。
我真不敢想像它的速度是多麼快。
飛彈沒飛去，勢力倒不弱吧！
轟

1981/07

1981/10

1981/10

1982/05

1982/11

機器人哈樂

◎劉宗銘

機器人哈樂

◎劉宗銘

眞可惜

劉宗銘/作

1982/01

機器人——哈樂

劉宗銘

1983/07

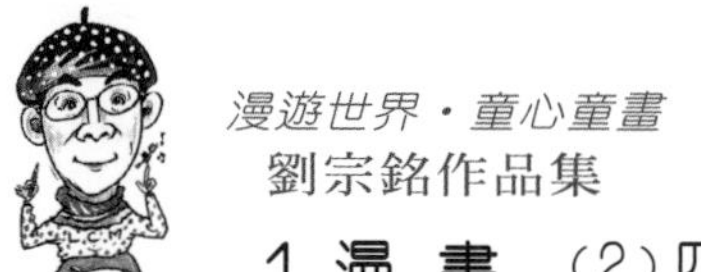

1982/02

1982/06

1983/04

1983/06

1984/01

快快和慢慢

劉宗銘

1985/01

快快和慢慢

劉宗銘

1983/09

慢慢和快快

文・圖・銘宗劉

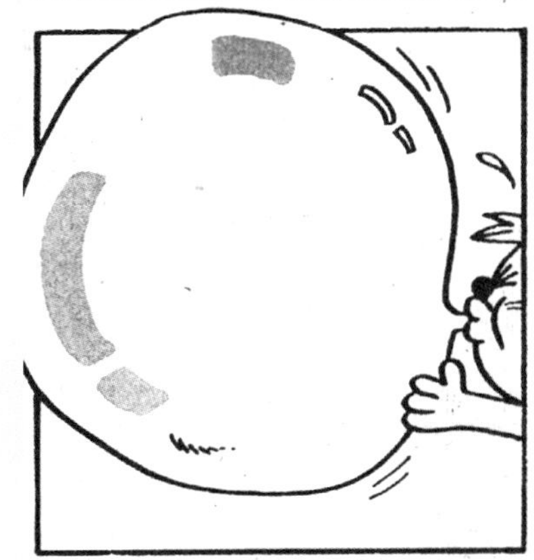

1986/08

送你禮物。
眞感動。
我找了半天才買下來。
但是我不愛車哩！
我知道，你可以再送給我。
我喜歡這個。
想吃。
那個更好！
買給我。
整天開冰箱可不行。
想辦法。
安全斑馬線。
每兩小時亮綠燈一次。
玩拼圖遊戲？
再兩張就完成了。
怎麼拼法？
這樣走路太慢了！
果然快得多了。
你還有什麼好主意！

1984/01

1984/03

1984/05

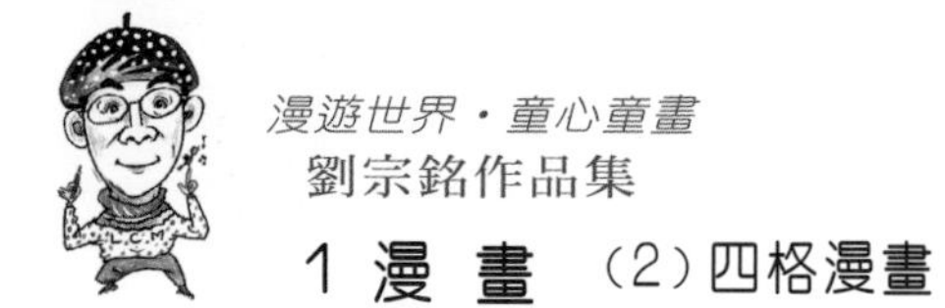

目標
成功
有恆
2

1984/

好童軍
快樂人生
□劉宗銘

英文才考99分….
噯！

哇… 無顏見江東父老！
我才98分呢！

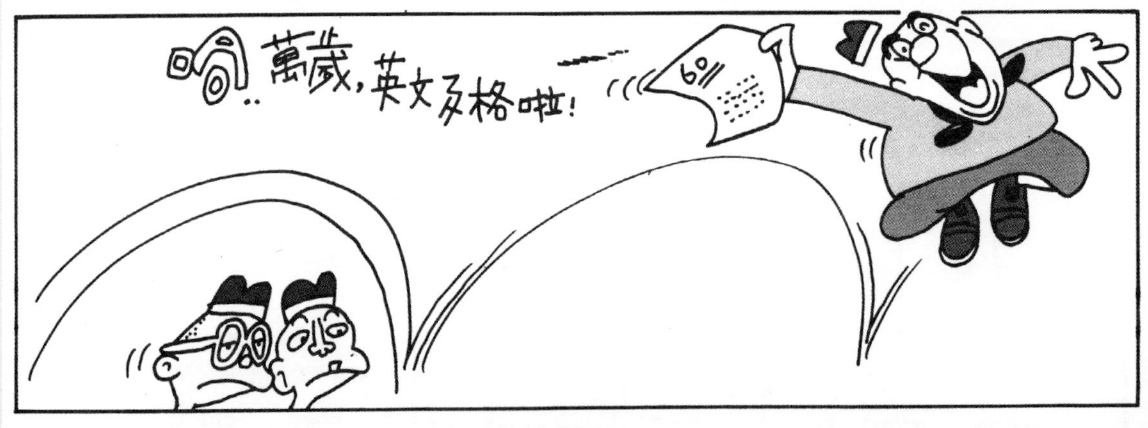

哈.. 萬歲，英文及格啦！

咱們是不是應該
改變人生觀？

1984/

大肚蛙

劉宗銘

1990/01

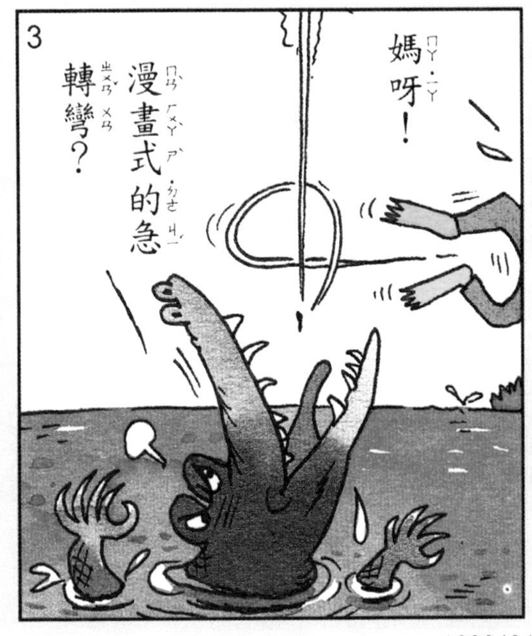

1990/04

1990/04

大肚蛙

★劉宗銘

1990/04

小不點

文・圖／劉宗銘

1990/05

1990/07

1990/08

1990/09

1993/04

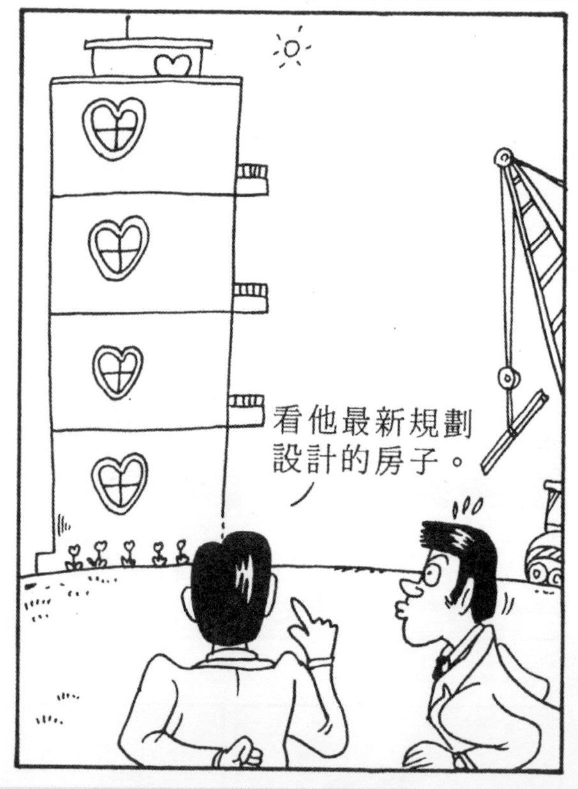

1993/05

1993/05

1993/08

小泰山

★劉宗銘

2002/05

2002/05

2002/05

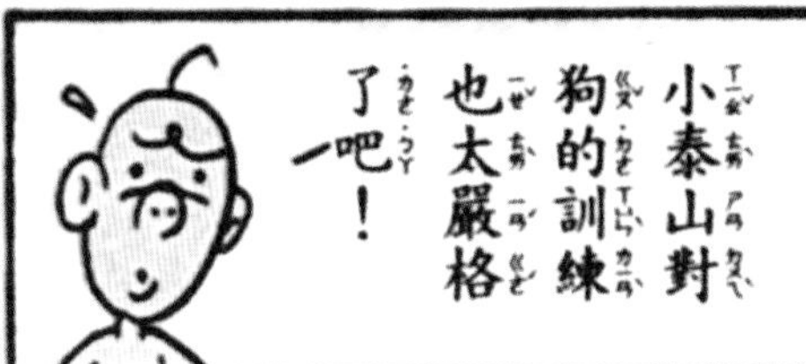

2002/05

2002/05

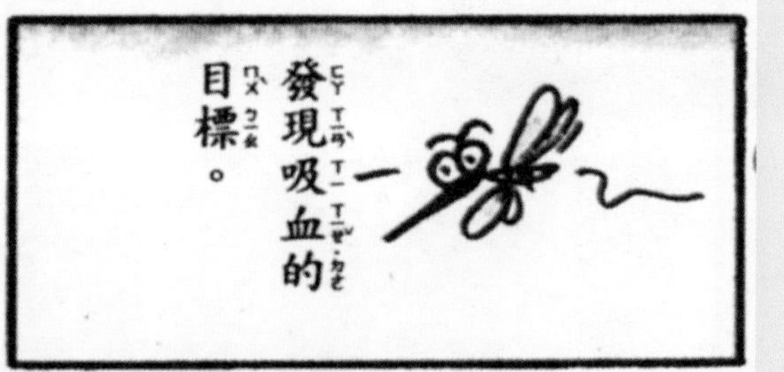

2002/05

2002/05

2002/05

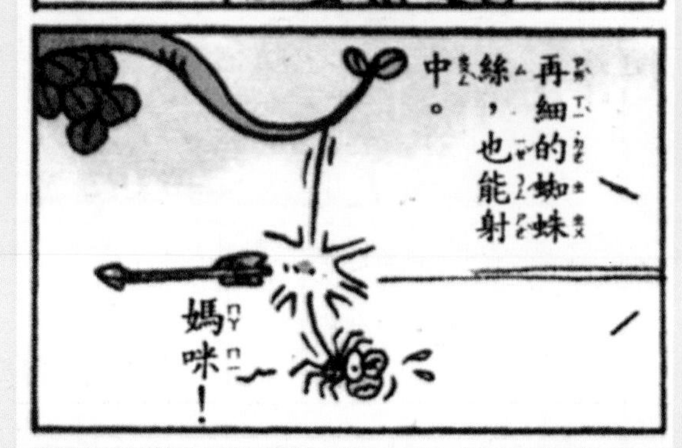

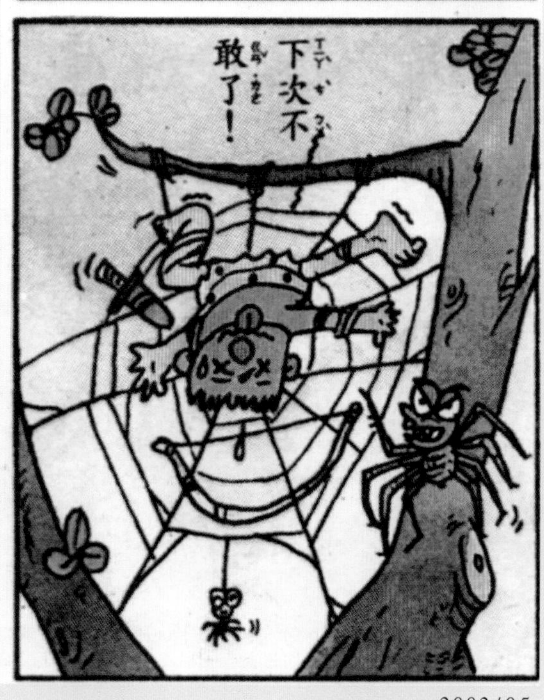

2002/05

2002/05

妙朋友

●編繪／劉宗銘

妙朋友
●編繪／劉宗銘

大嘴，我這兒有蛋糕，要不要過來？
阿胖，我請你吃新鮮的餅乾……

怎麼突然下起大風雪？
走不過去，看來只好各吃各的了。

哇，老爸送我球衣當禮物。
我的禮物是球帽和球棒。

這些空盒子很佔空間吔，怎麼辦？

就送給雪人吧！

好忙、好忙……兩桶紅蘿蔔還不夠？

嗨喲、嗨喲……老爸的花領帶來啦！

大家快來呀，一堆雪人要用的東西真不少。

嘿，除了雪人，你就不會做些別的造型嗎？

你看我堆的大象和熊就很特別。

我當然會做別的，你認為馴獸師如何？

哈哈，你們只會堆小雪人嗎？

那你的雪人又有多大？

阿胖

冬天上山滑雪真過癮！

可惜到了半山腰就沒雪可滑了。

放心，我帶了祕密武器。

溜冰鞋加滑雪板？

妙朋友

●編繪/劉宗銘

阿胖，你沒看過雪，也會畫雪景？

這還不簡單。只要畫上一堆小圈圈，就像在下雪了。

那畫滿一屋子的圈圈，不就像在北極了？

住在熱帶地區，要賞雪真不容易。
嗯……

除非上高山，才能看到雪。
嗯……

咦？你剪下自己的照片做什麼？

雪景加照片，上山賞雪去呀。

哇，好累。
哦，皇天不負苦心人。

爬上山頂，終於看到白白的雪了。

不過……這雪也未免下得太大了吧？

救命啊！
找不到下山的路了！

你看，雪地上可以清楚看到鞋印吔。

還有山雞的腳印。

瞧，這兒也有野兔的蹤跡。

別說，讓我猜猜這大腳是誰的？

嘿咻，雪人終於堆好囉！

請大家照順序排隊送禮物！
阿美送帽子和香蕉，小貞送圍巾一條，小丹送……

哇，下雪了！
好棒呀！

來堆個雪人吧。
哼，沒什麼了不起，堆雪人要有創意才行。

1997/

（3）多格漫畫

1971/09

烏龜號特快車
劉宗銘
早安，小烏龜。
他跑得真快！我好羨慕他。
小慢仔，我先走了。
為什麼他們都比我快呢？只有我最慢啦！
哇！
烏龜哥哥，請你幫個忙好嗎？
我和朋友的約會快遲到了，請載我一程。
沒問題。
一二三、一二三。
到了，謝謝烏龜哥哥幫忙。
太快就到了，讓我有點兒暈車的感覺。
免費服務。
歡迎搭乘
烏龜號特快
小慢仔，別不自量力啦！

1979/08

龜兔棒球大賽

劉宗銘

1980/05

書畫
書中有話・話中有書
劉宗銘・圖
左顧
右盼
前瞻
後望
哈，爸媽都不在，可以放心進屋裏去。
借來的漫畫書和圖畫書可以看個過癮。
孩子，你抱著一堆東西讓爸瞧瞧！
完蛋了！忘了往上面看！
哈‥哈‥哈‥
檢查
好感動
孤雛淚
勇敢
冒險王子
孩子，只要是好書，你儘管帶回家看，不論是圖畫書或漫畫。
80'3.

1980/05

迷糊偵探

劉宗銘／編繪

大都會美術館
嚇！
哇！美術館裡的世界名畫都不見了！
要不是大理石雕像太重，恐怕歹徒也全都搬走啦！
放心！福爾摩斯將負責找回這一批價值千萬的世界名畫。

碼頭邊的這艘船特別可疑。
原來，歹徒利用船隻，把世界上的珠寶與名畫，都蒐藏在孤島上的洞穴裡。
最後，名探終於找回這批名畫，還尋獲失蹤多年的珠寶。
看偵探故事，對我辦案有很大的幫助。
阿來，我只是在小池塘玩遙控船，不知道什麼世界名畫！
你還不承認用這艘船搬運「蒙娜・麗莎的微笑」嗎？

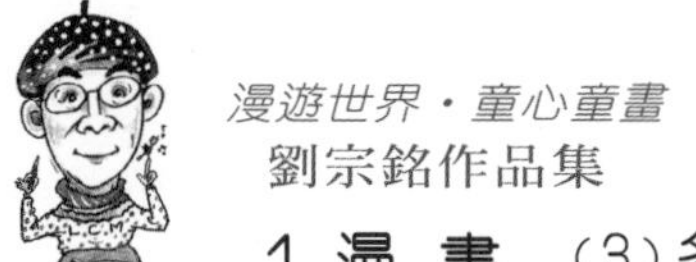

1981/09

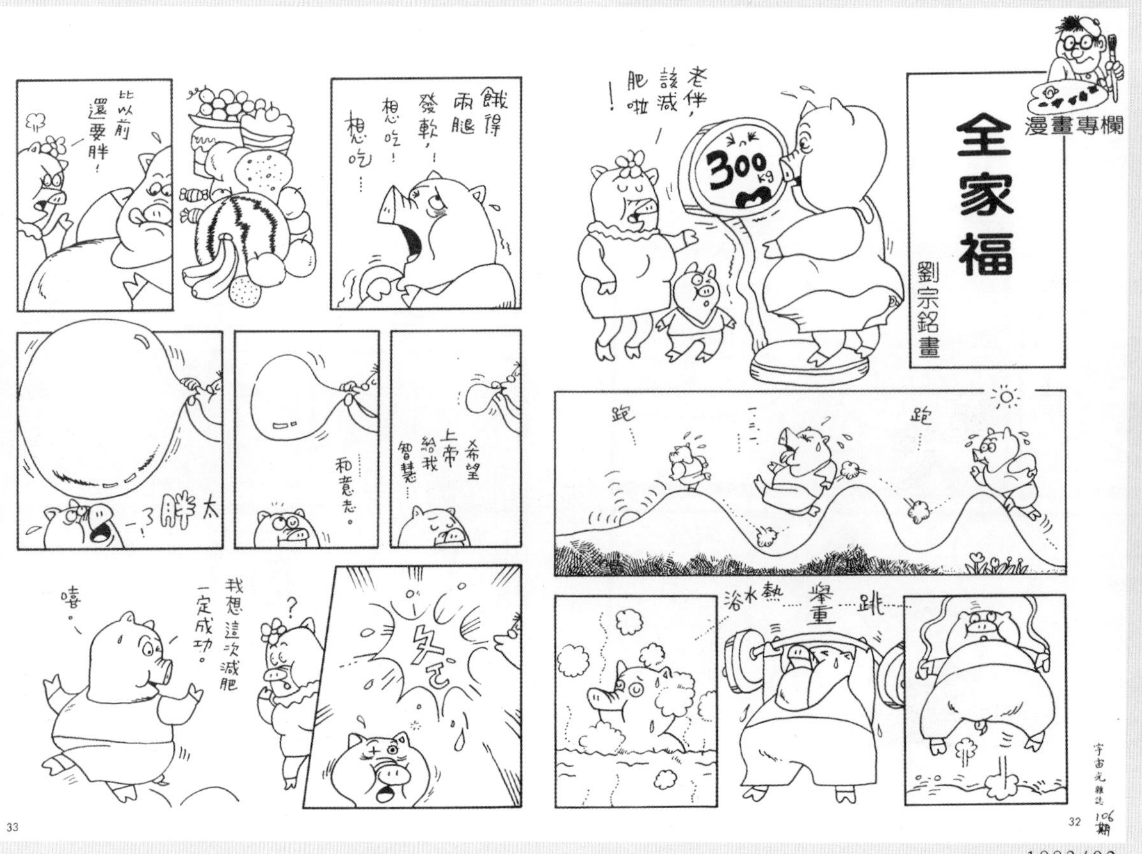

1983/02

1984/

■名人漫畫——小烏龜

接龍遊戲

劉宗銘／作

1998/08

動物狂想曲
●編繪／劉宗銘
今天神射手要做點善事。
請等一下，馬上請你吃新鮮的蘋果。
我還是自己去買來吃，會比較快。
眞沒面子，我要加强練習。
想當神射手，首先要把眼力練好。
有道理，就從注視小蜘蛛開始。
睜大眼睛，專注目標。
現在連小東西都能看清楚了。
可惜，一陣風又把箭吹歪了。
練習射活靶，會更進步哦！
對！偉大的人物不能怕失敗。
在樹枝上綁上繩子和石頭。
看準左右擺動的石頭……
雖然眼睛有點花，還是要忍耐。
嘿！現在即使有風飄動，我也不怕。
請各位觀賞神射手的精彩表演。
這次眞的沒問題嗎？
哇！果然命中紅心！
可以請大家吃東西了！
百發百中，眞不愧爲神射手！

2003/02

《動物狂想曲》
●編繪／劉宗銘
我的志向
我們不但會游泳，還會跳高。
每個人都有獨特的優點，等待自己去發揮。
蝴蝶給人一種輕鬆愉快的感覺。
山羊叔叔的歌聲很悅耳。
他還會彈奏樂器呢！
叭~~
我的家庭真可愛……
甜蜜的家庭合唱團。
我有什麼才藝和優點呢？
當畫家很辛苦，我想轉行！
看見鳥兒，我倒是有了新目標。
我要研究火箭，當太空探險的科學家。
說到我的志向，保證大家都會佩服。
以後要開生魚片壽司店，這樣天天都有魚吃。
我也發現自己的潛能了……
我要當大富翁，邀請大家環遊世界。
拜託！當大富翁有那麼容易嗎？
我倒認為，你可以當個舞蹈家耶！
和白鵝小姐一起演出「天鵝湖」。
至於我的優點和專長嘛——
還用說，當然是比「龜兔賽跑」了！
還是烏龜了解我。

2008/02

2008/03

（4）短篇漫畫

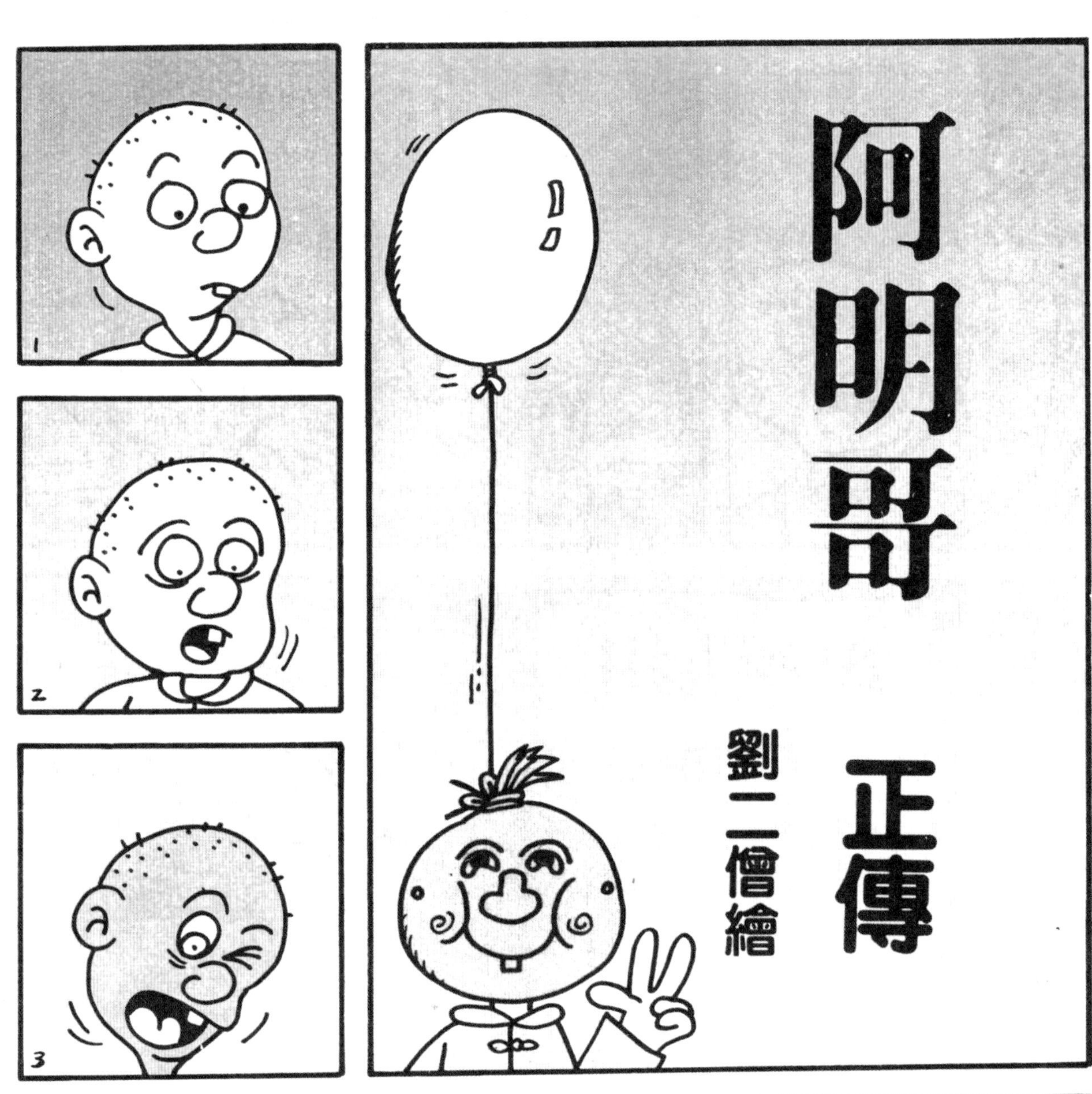

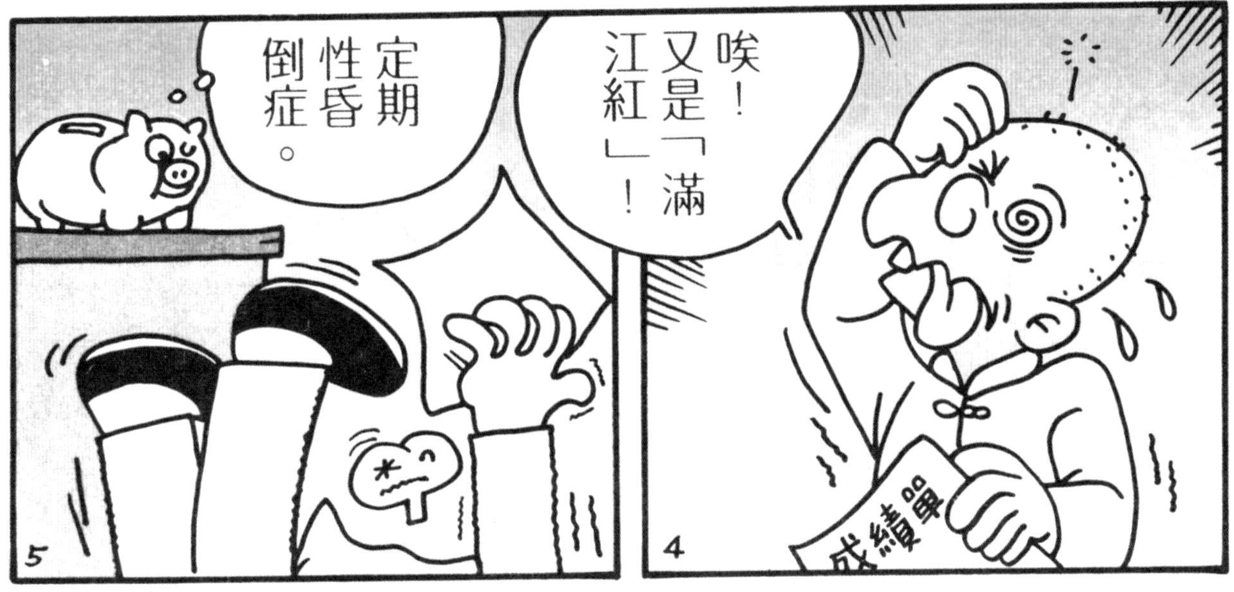

91 幼獅少年 1977/

從今天開始，下定決心用功讀書。

寫出勵志標語。

拼呀！拼！加油…
這樣可以隨時提醒自己，不偷懶。

讀書！
早晚洗臉，都會瞧它一眼。

請用功！

幼獅少年 92

茶
立志有恆
電冰箱外頭也得貼上一張紙條。
MILK
一切準備就緒，開始苦讀。
肚子餓了，也用不著走來走去拿吃的。
每天要晚睡早起，預習、複習功課。
明哥，星期天也不玩兒？
平時多燒香，免得臨時抱佛腳……
哈，不再臨陣磨刀，不利也光啦！
嗚……
大驚小怪地，眞吵！
達成目標：100分
再寫一張預期達成的工作目標。
不行，一百分是天才的高標準！
達成目標：100分 80分 70分 60分
達成目標：100分 80分 70分 60分 65分
嘻！目標訂的太低不好看，六十五分還差不多。
戴上耳罩，隔絕噪音，才能專心哩！
咦——甚麼聲音？好吵！
MILK
原來是你們這羣小不點兒。
從來沒有聽說過螞蟻會吵人！
減速慢行

阿明，請你幫爸爸寄封信。
阿明，幫媽媽買一包鹽好嗎？
哇——原來阿明正在用功『K』書，
爸爸自己去寄信，順便買鹽回來好了。
哈—第一次看到阿明懂得用功。
嗯……。
阿明哥，請你教我們做風箏好嗎？
等等，大家都不許打擾哥哥讀書。
輕聲走路，小聲說話，注意電視的音響。
哼！稀罕囉…
97 幼獅少年
幼獅少年 98
ABC
ENGLISH
Z
Z
Z
……
如果…
我平常上課時……
不要……
這樣的話……
好吧！我來幫你們做風箏。
我們到郊外去試飛。
其實，只要上課時，多用心，平常多用功，平時該玩的時候，還是可以好好玩的。
99 幼獅少年
幼獅少年 100

快快・慢慢
遊基隆
劉宗銘 作
我要騎車去基隆看船。
嘿！我一定比你先到
上來搭車嗎？
時代不同了，兔子不見得會贏烏龜。
哈，看到海了。還有許多船。
Moki
有油輪、商船、大漁船，眞熱鬧！
好久沒下海游泳了。
哇—好臭的味道。
髒油和廢物眞多呀！
以前的基隆不是這樣子。
那麼，是什麼樣子？
找出回到過去的時光機。
按下開關會放大。
回到過去—
這是以前的基隆。
好清澈的海水，好多的大魚。
這才眞正是游泳的好地方。
瞧！這海鳥也喜愛這種環境。
基隆和平島的豆腐岩眞有特色。
海蝕平台與海蝕崖也很美哪！

1986/

降落—
港灣有許多漂亮的遊艇。
還有遊客與帆船。
下回我們到基隆比賽釣魚。然後到廟口吃一頓

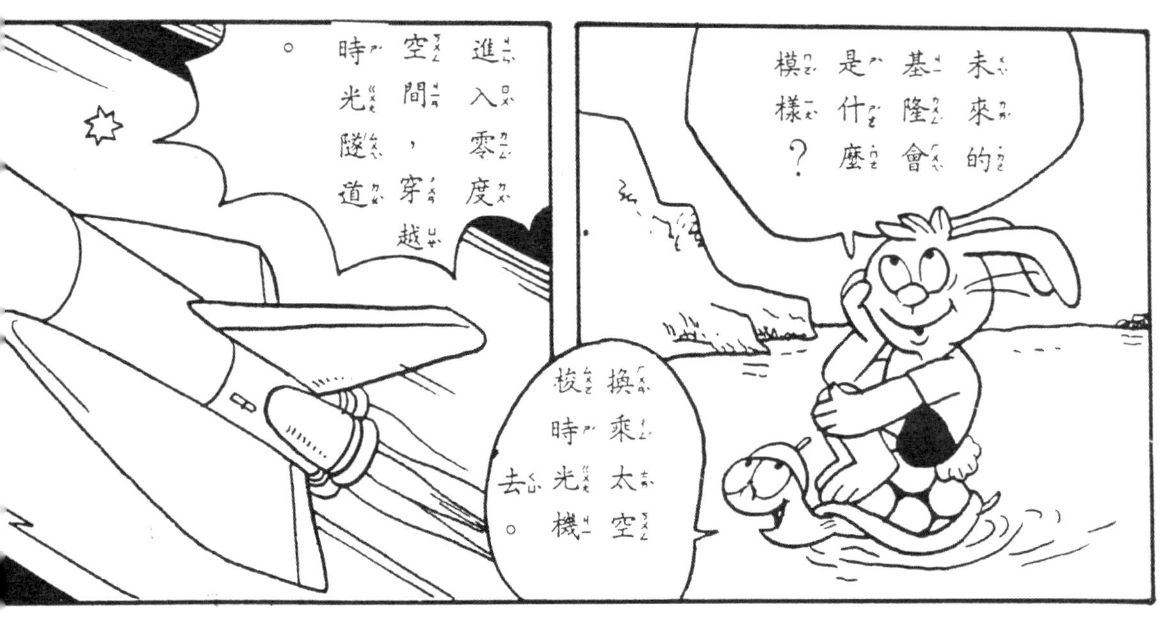
未來的基隆會是什麼模樣？
換乘太空梭時光機去。
進入零度空間，穿越時光隧道。

明日的基隆有青山、綠水，有樹蔭和海風。

八斗子漁港的海鮮最受歡迎。

上中正公園。

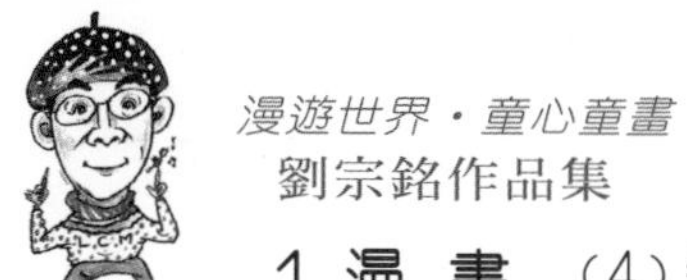

漫畫版
20個
台灣藝術家的故事
劉宗銘 繪著
THE COMICS OF TAIWAN ABOUT 20 ART'S STORIES

2013/12

形色多樣的大畫家
郭雪湖
1908.4-2012.1

65

金火，你三歲父親去世；現在十歲，該去日新公學校就讀了。
我和母親搬離祖母家以後，會常回來看您。
唉！我這金孫的父親，不到二十二歲就走了。
他們遷往台北大稻埕永樂町，霞海城隍廟就在附近。
感謝陳英聲老師，他在繪畫方面給我很多的鼓勵。
他除了帶我去寫生、看畫展，還借我珍藏的畫冊回家臨摹。
你有敏銳的觀察力與大膽用色的特質，要加油！

這是我仿橋本關雪的「潤聲幽居」圖，和仿川合玉堂的「深山逸士」圖。
金火兄仿石濤的「江山行吟」圖，也是幾可亂真！

恭喜你太平公學校畢業後，考上台北州立工業學校（今台北科大）的「土木科」。

66

《２０個臺灣藝術家的故事》創作分享

漫畫是另一種藝術的表達形式，可以用生動活潑的線條，來表現啟、承、轉、合的圖像故事；在分鏡處理上，像是在享受電影般的視覺變化，去體會編繪者所要傳遞的精神內涵。無論是以人物或動物為造型的卡通、漫畫，我們經由虛擬的角色或真實人物的故事，因此得到啟發，在精神上和意志上，進一步去學習美與愛的力量，讓我們能夠快樂與感恩，那就是《２０個臺灣藝術家的故事》要和讀者們所分享的目標。

1925年，郭雪湖結束四個月的學徒生涯，自立「補石廬工作坊」。

郭雪湖以「圓山附近」、「春」，分別獲第二、三屆台展特選；四、五屆獲台展賞；七、八屆入選；第九屆榮獲台展朝日賞。

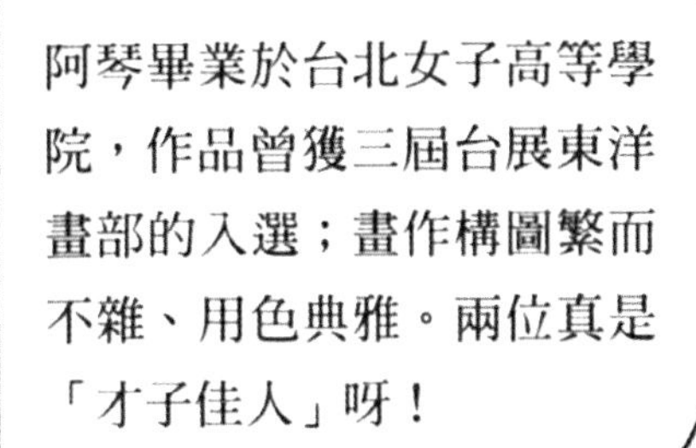
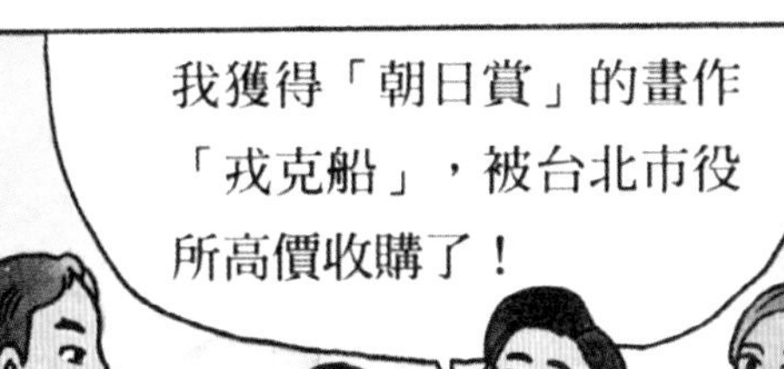

阿琴畢業於台北女子高等學院，作品曾獲三屆台展東洋畫部的入選；畫作構圖繁而不雜、用色典雅。兩位真是「才子佳人」呀！

我獲得「朝日賞」的畫作「戎克船」，被台北市役所高價收購了！

這都要感謝鄉原老師的大力推薦。

戰後的 1950 年代，省展「國畫部」排斥台灣人畫家的膠彩畫作？

東洋泛指中國、日本、韓國、印度等東亞地區，不能指東洋畫就是「日本畫」。

唐代的金碧山水，也大量使用膠彩呀！重要的是畫家創作的精神。

日治時期，台灣人的西畫具熱帶光線和地方色彩，自成鄉土藝術。

1955 年「大城遺跡」。

我沒有受正科教育，畫風反而能夠自由的轉換。

1962 年「雪嶺冬晴」。

1980 年「櫓聲帆影」。

1984 年「月照大峽谷」。

郭雪湖終生勤奮創作，2012 年逝世，享年一百零五歲。

晚年定居美國，走訪歐洲、中國等地，最懷念的地方，還是我的故鄉──台灣。

台灣仕女膠彩畫家
陳 進
1907.11-1998.3

2013/12

哈哈……

陳雲如先生在新竹香山庄的牛埔，擔任過區長和庄長的工作。
他在墾殖及海產養殖的經營，也非常成功。

熟讀漢學的「總里伯」，你家千金陳進小姐已經長大了。
她從香山公學校畢業後，考上台北第三高女（台北中山女高）。

我會學習父親在深夜努力自修日語文的精神。

陳進畢業的香山公學校校地，正是雲如兄捐出的私人別墅。
經商成功，當然要回饋給鄉里百姓呀！
「吟詩會」的文人雅士們，請大家進屋裡喝茶。

1925年4月，陳進順利考進東京女子美術學校，選讀日本畫師範科。

「築地明石町」是描繪東京洋人居住區裡，受到異國風味薰陶下的東京美人。
遠藤教三老師的裝飾性圖案繪畫，對我也很有啟發性。

我的人物畫，可以在服飾和傳統傢俱上，運用花紋線條和圖案。
妳這麼細心，一定會成功。

陳進在1927年第一回的「台灣美術展」就以「朝」、「姿」、「罌粟」三幅作品，和林玉山、郭雪湖三人獲得東洋畫部入選。
1935年繪作的「悠閒」，仕女側身橫躺在雕琢精美的紅眼床上，翻閱「詩韻全璧」，表現古色古香，細膩雅致。

1938 年，陳進辭去教職，赴日本居住。1945 年返回台灣定居，隔年結婚；期間持續創作。

「阿嬤畫家」陳進，於 1998 年因心臟病逝世，享年九十二歲。

長篇科學連載漫畫
鐳的發現
劉宗銘作
快搶進醫院裏面去。
這些傷兵的身體有砲彈和子彈的碎片。
可是卻找不出子彈碎片在什麼地方！
那麼這士兵就要痛苦的等死了。
……
醫生，我想用那新近發現的X光線可以找出來的。
還好，子彈碎片已拿出來，生命可以保全了。
碎片拿出來以後就可用鐳的放射治療腫瘤了。

長篇科學連載漫畫
鐳的發現
劉宗銘作
居禮療法可以救很多人的生命。
我想應該將這種「放射線治療法」給每個醫院使用
這種「放射線治療車」是由汽車的馬達發動的。
因為每個醫院都有很多的傷兵。
於是她就把X光線治療的設備裝載在汽車上。
她們馳騁在危險的戰火中救護傷兵。
這種治療車有二十多輛，在戰地醫院和巴黎市的醫院巡迴著。

1970/

1938 年，陳進辭去教職，赴日本居住。1945 年返回台灣定居，隔年結婚；期間持續創作。

「阿嬤畫家」陳進，於 1998 年因心臟病逝世，享年九十二歲。

長篇科學
連載漫畫
鐳的發現
劉宗銘作
快搶進醫院裏面去。
這些傷兵的身體有砲彈和子彈的碎片。
可是卻找不出子彈碎片在什麼地方！
那麼這士兵就要痛苦的等死了，
醫生，我想用那新近發現的X光線可以找出來的。
還好，子彈碎片已拿出來，生命可以保全了。
碎片拿出來以後就可用鐳的放射治療腫瘤了。

長篇科學
連載漫畫
鐳的發現
劉宗銘作
居禮療法可以救很多人的生命。
我想應該將這種「放射線治療法」給每個醫院使用
這種「放射線治療車」是由汽車的馬達發動的。
因為每個醫院都有很多的傷兵，
於是她就把X光線治療的設備裝載在汽車上。
她們馳騁在危險的戰火中救護傷兵。
這種治療車有二十多輛，在戰地醫院和巴黎市的醫院巡迴著。

1970/

洪建全教育文化基金會印行
故事・圖／劉宗銘
好朋友一起走
信誼 NO. n2860

圖畫書

四季歌
大風吹
圖・文／劉宗銘
大樹
文・圖／劉宗銘
四季歌
烏龜船
圖・文／劉宗銘
四季歌
千心鳥
圖・文／劉宗銘
四季歌
蓋房子
我有新玩具
我會畫房子
長大後，你想做什麼？
比一比，誰最大？
文・圖／劉宗銘
比一比，誰最大？
文・圖／劉宗銘
我愛小點點

妹妹在那裏？
劉宗銘 文圖
「小卡，謝謝你幫媽媽在家裏看顧小妹妹。現在你可以出去玩耍了。」
「不，媽媽，我現在不想出去了！我要待在家裏面，陪著小妹妹玩遊戲。」
小卡覺得自己應該做妹妹的好哥哥。

1975/04

忽然，一個巨大的影子擋住了去路。
「吉吉，當心！有怪物！」小卡大聲喊道。

小卡在回家的路上，一面走，一面低著頭想：「小妹妹真的不見了！她會到那裏去呢？」「誰都不知道小妹妹在那裏。」「到底是誰將小妹妹帶走了？」「小妹妹笑起來的樣子多麼天真可愛呀！她的兩個大眼睛，看起來好像夜裏的星星那麼明亮。她比天上的小天使更美麗——但是，現在小妹妹失蹤了！」

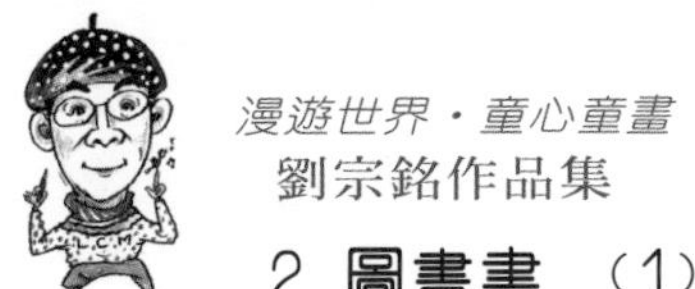

19

23

1985/07

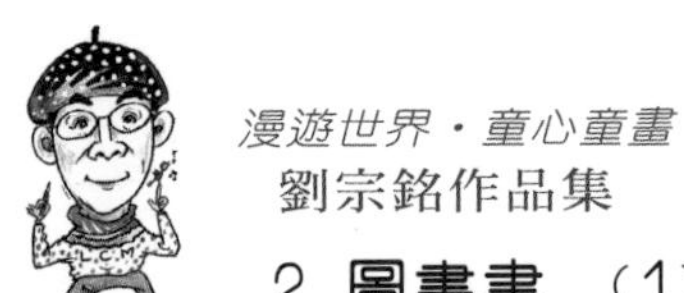

彩虹貓
劉宗銘 作・畫
1986/06
星，
晚了，
睡覺嗎？
21
20

貓咪，你也想吃？
咦？你的身體還會變顏色。
5
4

大貓咪，
媽媽叫你回家
洗澡了。
28

我也要回家了。
再見——
29

小螞蟻，你們準備
了8樣東西，要請
客嗎？
15

2

1989/04

春天到了。兩隻心心鳥飛到一個有山、有水、有花、有樹的好地方。

他們的尾巴尖端都有一簇羽毛像一顆心。他們來這兒生小鳥。

搗蛋貓和調皮鼠又回來啦！
動物們大喊：「快逃哇！」
搗蛋貓張開大嘴，撲向小鳥。

28

鳥爸爸和鳥媽媽向搗蛋貓衝過去，一下子被抓住了。
鵝媽媽、鴨媽媽和猴叔叔也跑不掉了！
不得了啦！青蛙哥哥快要被調皮鼠吃掉了！

29

「來了兩個壞東西！」小鳥拍拍翅膀，飛向半空中。

他的尾巴一節一節的長出來，每一節的尖端都有一顆心。

看哪，十顆心，一百顆心，一千顆心！

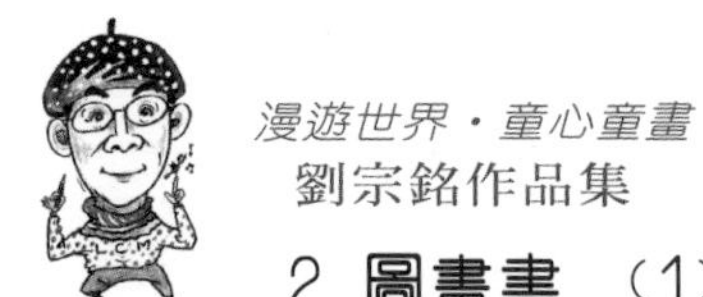

1989/04

1989/04

搗蛋貓和調皮鼠來看動物們蓋的房子。
真是想不到，那麼小的地方也能蓋房子！

動物們有新房子過冬了。
「謝謝搗蛋貓和調皮鼠，歡迎你們也來新房子過冬。」

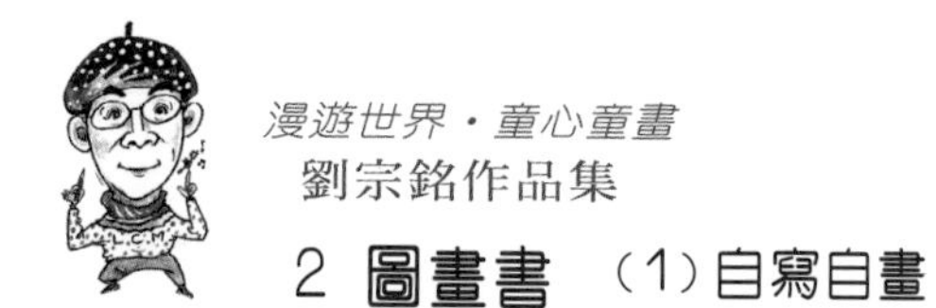

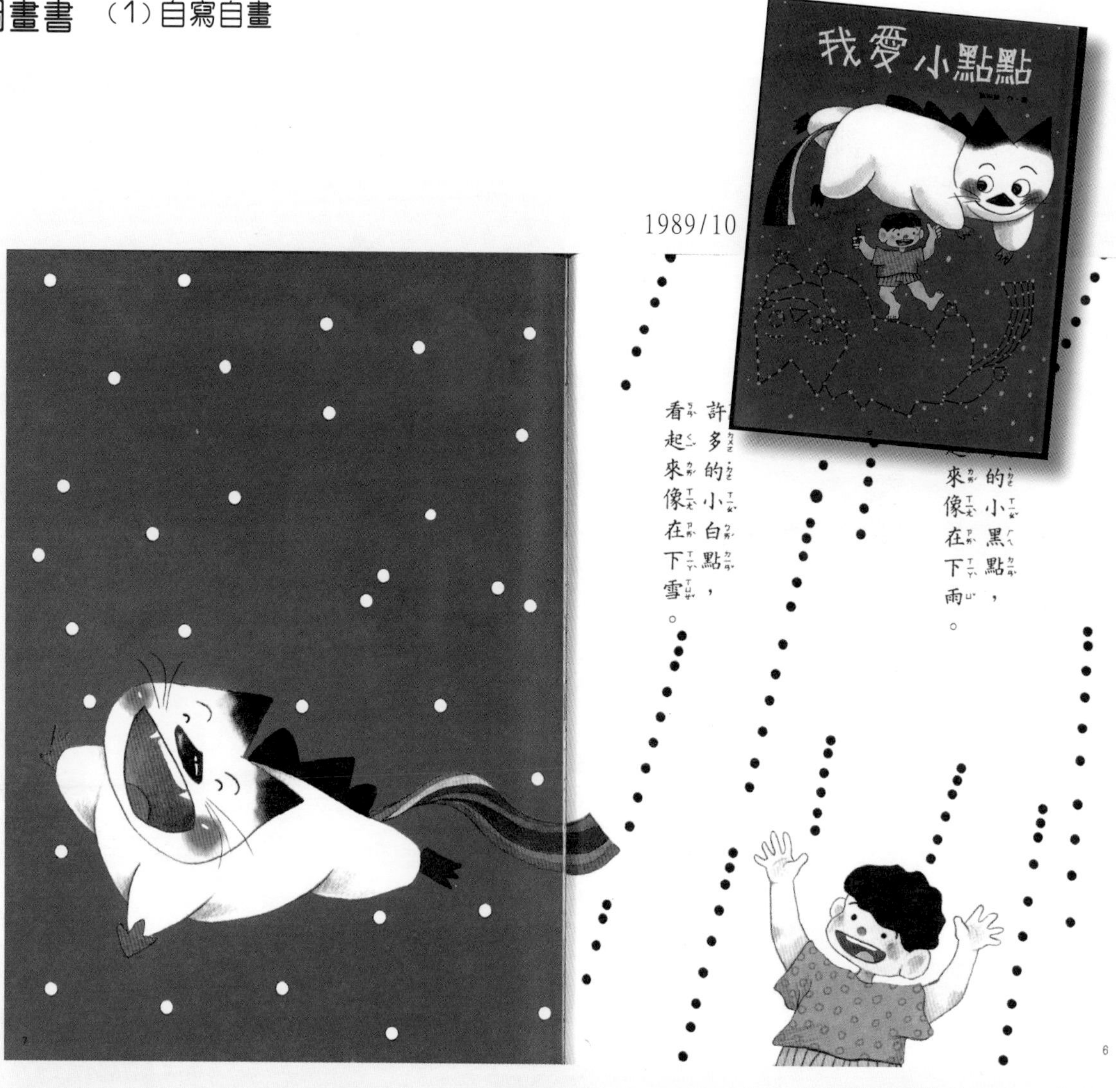

我愛小點點
1989/10
許多的小白點，
看起來像在下雪。
的小黑點，
來像在下雨。

唔！
天黑了，
用點點連成
一架直昇機，
我們該回家了。

1989/10

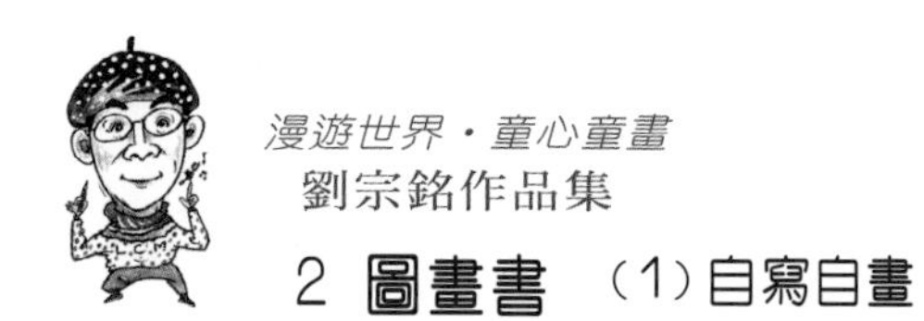

咻——咻——咻——
一棵又一棵的大樹
被砍倒了。

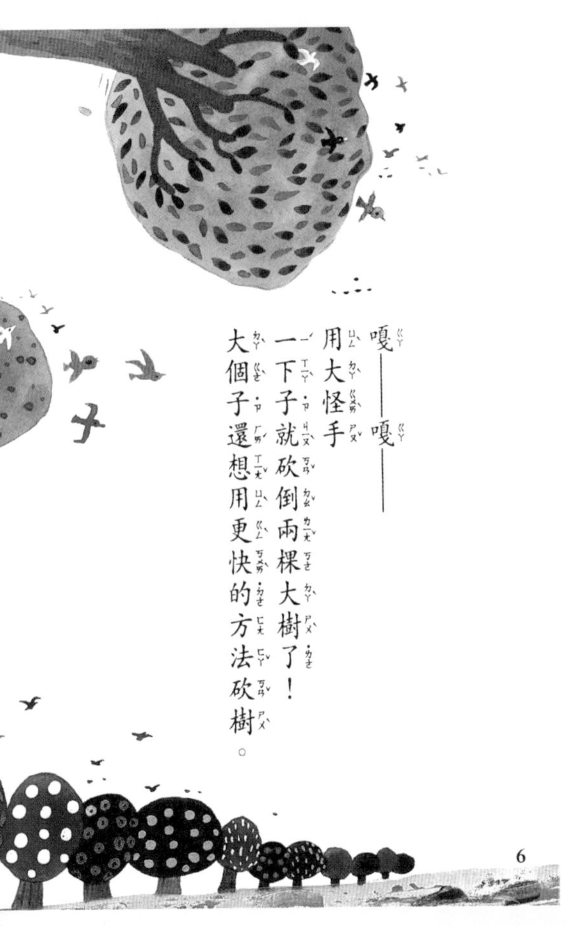

1990/02

2012/06

演員

無論是戲劇、電視、電影、戲曲或舞台劇，都要導演和台前、台後的工作人員和演員，將真實虛幻的劇情呈現出來；除了肢體表現還有傳神的感情，一起合作呈現戲劇的愛與美。拍製與演出，有時是不分晝夜的進行錄影或拍攝；上山下海到處巡迴公演，需要很辛苦的準備及演出。

「戲劇系」在舞台、燈光、編劇、導演、表演及服裝設計各方面，都有許多的鑽研；可以在小劇團或電視、電影等表演藝術上去發展。

演員需要有很多生活的歷練及多才多藝，才能表演五花八門的各種角色，並且讓觀眾覺得感動，變成一流的偶像、明星。

你有戲劇演出的經驗嗎？要記住台詞不簡單吧！

專長培養

1. 肢體語言、表情、動作。
2. 記憶、表達、口白。
3. 模仿、裝扮。
4. 體力、耐力。

思考

- 你有認識做這工作的人嗎？
- 他是誰？
- 你對從事這項工作的感想？
- 你喜歡這個工作嗎？

喜歡 不喜歡 需要再想想

103

陶藝家

陶藝家懂得灌模、拉坏，燒製時的溫度控制，使用濕土攪拌機，做陶乾、噴釉、上釉、燒窯和搬運等工作；並且在造型、圖案設計的變化上去創作。

有些大型的陶瓷工廠，除了量產的陶瓷器皿以外，也會提供遊客形塑、彩繪杯盤人偶，或撰文書寫在瓶罐茶具上，再代為燒製紀念。

目前很多才藝教室或大學院校的美術設計學院，也有成立「工藝系」的進修課程，對於素描、美學、釉彩礦石及化學成分的專業科目作研究。

陶瓷工藝在建築業的瓷磚、地板及壁飾、裝潢等公共藝術的應用方面，都有發揮空間。

你平常會使用陶藝品，或在展場看過陶藝與插花藝術相結合的展出嗎？

工作內容說明

陶藝家利用陶土、瓷土或混合土，拉坏、揉捏形塑碗盤、杯皿、花器或自由造型，完成素燒或釉燒的藝術作品。

專長培養

1. 塑造、彩繪能力。
2. 釉燒專業知識。
3. 體力、耐力。
4. 美感知覺。

思考

- 你有認識做這工作的人嗎？
- 他是誰？
- 你對從事這項工作的感想？
- 你喜歡這個工作嗎？

○ 喜歡 ○ 不喜歡 ○ 需要再想想

47

雕塑家

無論是巨木或巨石，雕刻家去除不要的部分，呈現具體或抽象的造型；塑造家則是憑空填塑黏土、石膏及可用的素材，來完成浮雕或任何的立體造型；作品小者手工製作，大者要利用雕鑿與電鑽等巨型工具來幫忙。

雕塑家也有不同類別的專長，有人專攻石雕、木雕、不鏽鋼或塑造綜合的組合造型；作品呈現出力與美，於室內或大型建物的公共藝術設置。

國內藝術大學的設計學院雕塑系及相關建築學系，有美術、雕塑及造型設計，利用水、電、風力等多媒材創作的現代作品，或是傳統寺廟的木雕、石雕、浮雕技巧的傳授。

看過整座山頭岩壁雕鑿的佛像或偉人頭像嗎？

工作內容說明

專長培養

思考

喜歡　不喜歡　需要再想想

115

圖畫書作者

作、畫家們，設計出許多不同風格的圖畫書：有數理內容，有科學、語文，有生活、童話或寓言故事、民俗趣談，有歷史、地理，真是無所不包。

大部分的對象，是給低、幼兒們閱讀；少部分是給青少年與成人看的圖文書；生動的筆法與起承轉合的精美圖繪，都需要有多采多姿的畫風。

圖畫書作者從封面底到書名頁及內頁，在有限的情節中，去構圖與編繪，並預留文字空間和圖文的適當呈現；綜合各種表現技法與美感設計，具有說故事和戲劇展現的特質。平時要蒐集各種圖鑑、圖片等資料，以備插畫時的應用，才能接受來自各出版社交付各種形式與內容的挑戰。

台東大學「兒童文學研究所」對理論與創作方面有專業的學習。

立志當圖畫書作者的話，就得多看、多想、多畫。

工作內容說明

專長培養

思考

喜歡　不喜歡　需要再想想

125

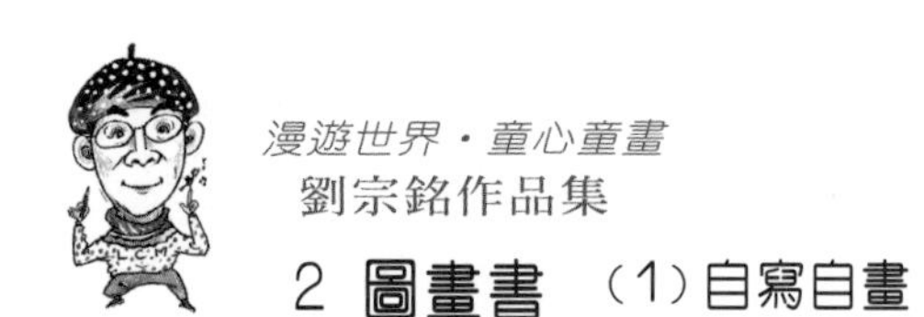

比一比，誰最大？
文・圖／劉宗銘
身，問鯊魚：「海底下，
大呢？」
我沒想過這個問題耶！

大象笑著說：「陸地上，
還有比我更大的東西。」
大家怎麼想，都猜不到。
到底會是誰呢？

鯨魚笑著說：「海底下，
還有比我更大的東西。」
大家怎麼想，都猜不到。
到底會是誰呢？

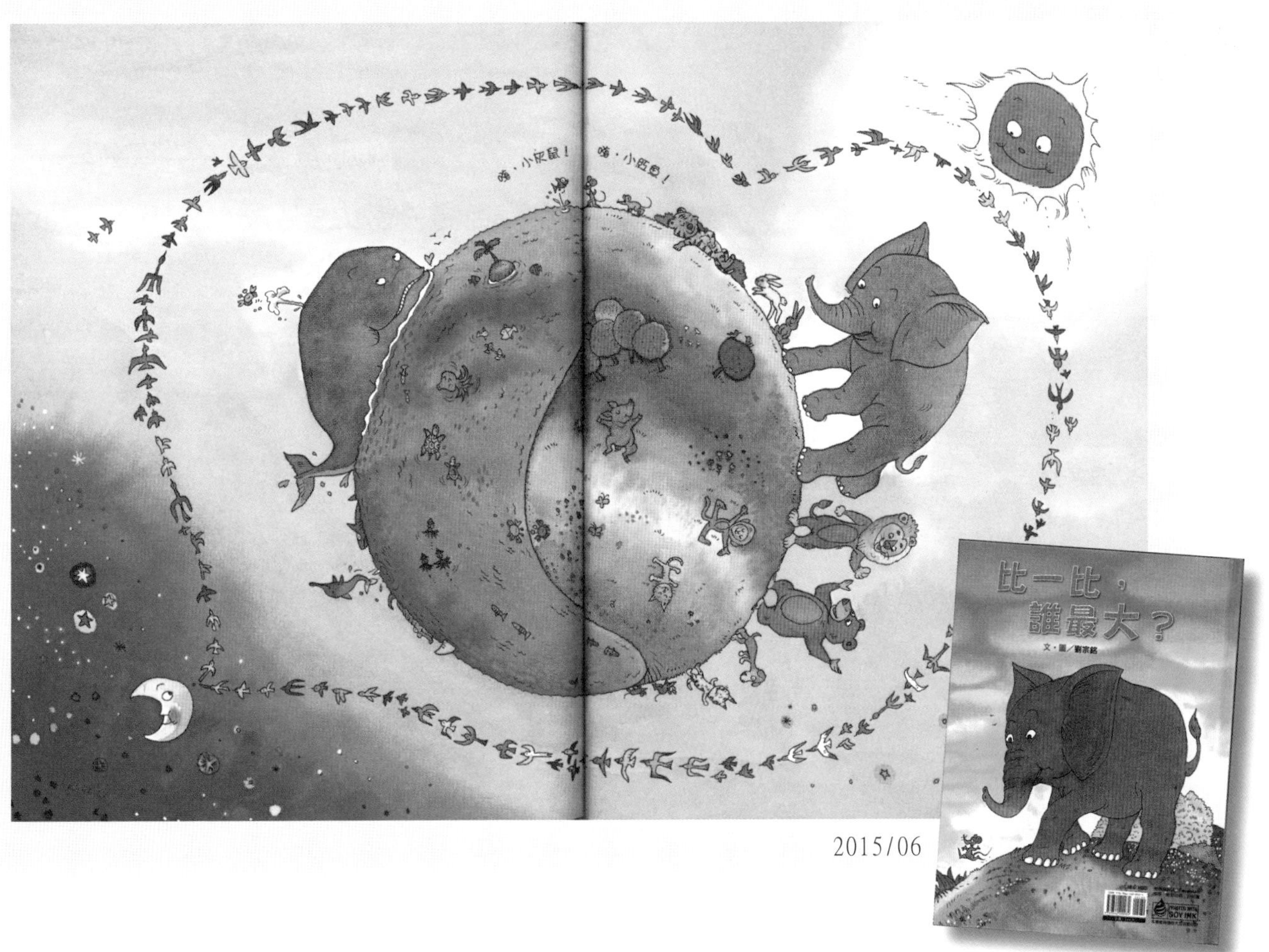
嗨，小灰鼠！
嗨，小鯨魚！
比一比，
誰最大？
文・圖／劉宗銘

2015/06

1971/12

稻草人卡卡
卡卡在劉老農夫的田裏，
辛勤的工作，
整天風吹日曬的。
他的襯衣一破了，
劉老農夫的妻子
給他補了好多補釘，
他的褲子破了一個大洞，
劉老農夫的妻子沒看見，
就沒給他補好。
五
四

卡卡看見豬媽媽
帶著她的十個孩子走過來。
「豬媽媽，你和孩子們都好嗎？」
豬媽媽皺著眉頭，
悲傷的說：
「哎！才不好呢！
我們好幾天沒吃東西了。」
「怎麼會呢？」
「你還不知道嗎？
劉老農夫的稻子
都被麻雀吃光了，
沒有收成，
就沒有錢給我們買吃的了。
再見，我們得去找食物了。」
二二
二三

小狗阿黃走了幾步，
又轉回來，跟卡卡說：
「我們大家沒吃的，
還不算太糟糕。」
卡卡問：
「難道還有更糟的事情？」
「當然啦，沒有收成，
劉老農夫一家子都不快樂，
吃的穿的也成了問題，
小彬彬下學期
就得休學了，
因為交不起學費。」
二八
二九

這麼一著急，
卡卡就醒了，
原來他做了一場惡夢。
這時天已經亮了，
卡卡趕緊看看四周的稻田，
稻田還好好的在那兒，
每棵稻子都結滿了金黃色的穀子。

1990/12

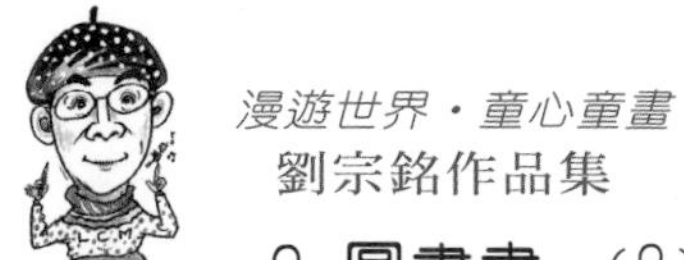

生日快樂

1991/01

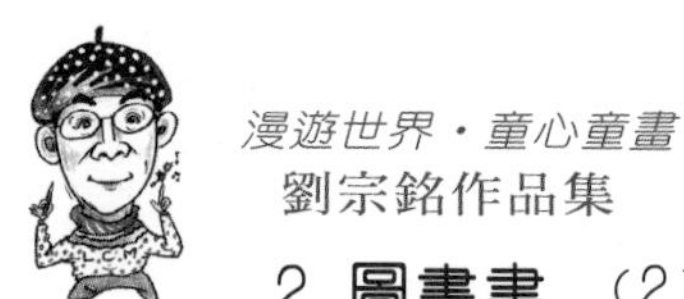

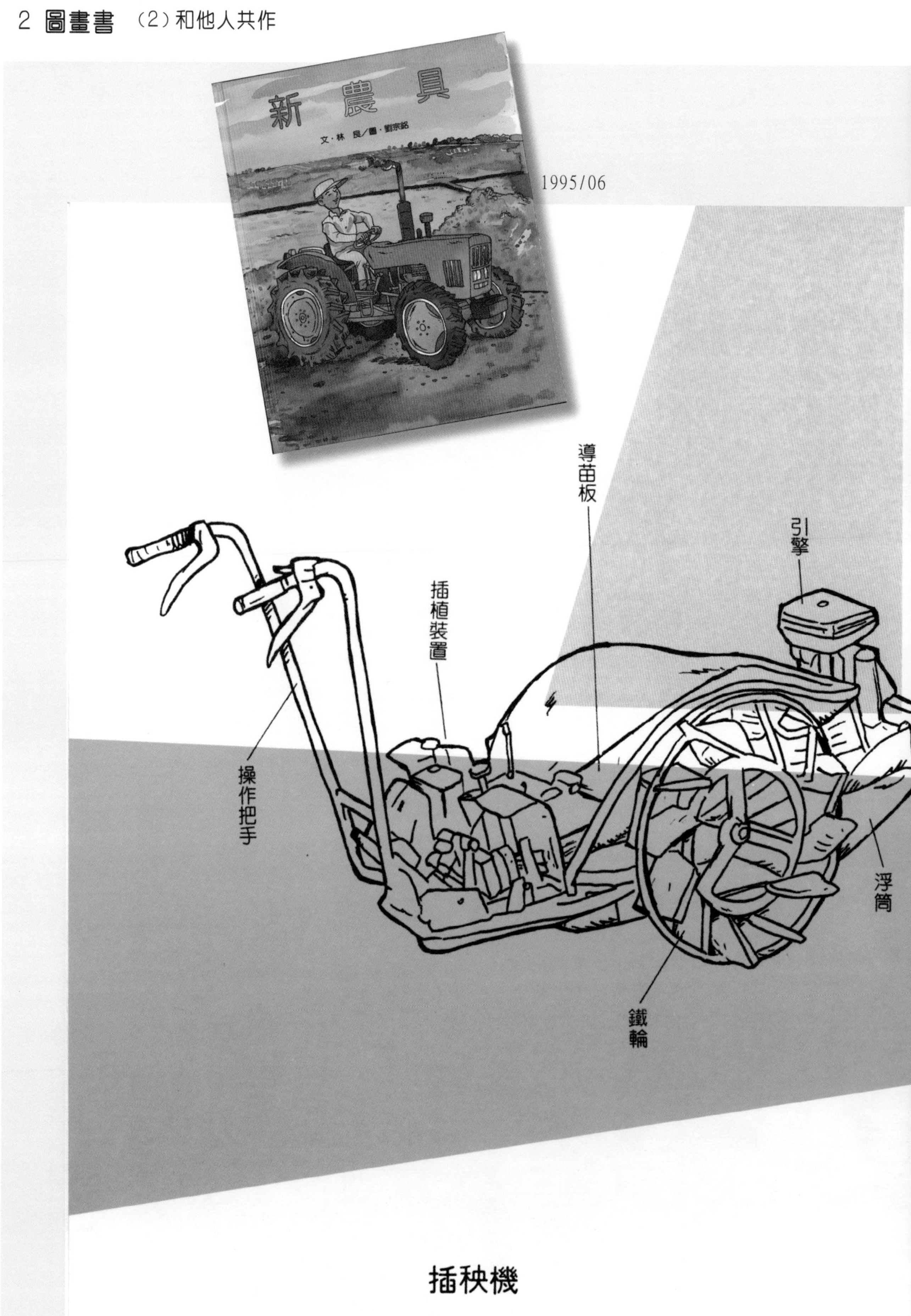

1995/06

插秧機

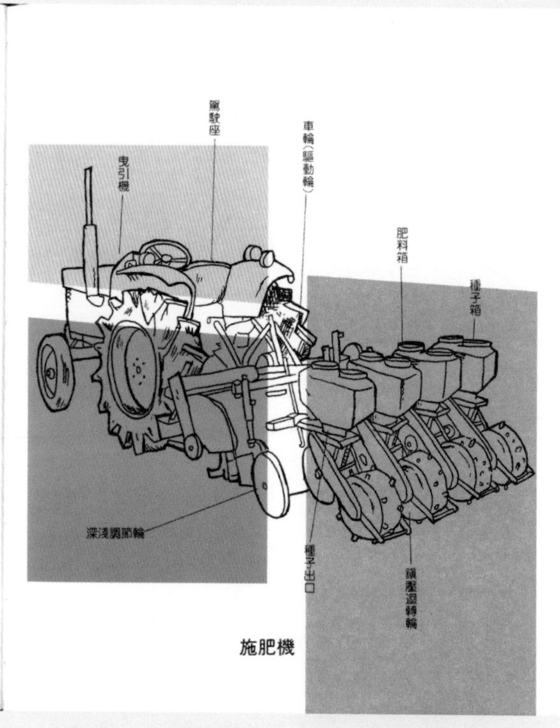
曳引機
駕駛座
車輪（驅動輪）
肥料箱
種子箱
深淺調節輪
種子出口
鎮壓迴轉輪

施肥機

落花生
聯合收穫機

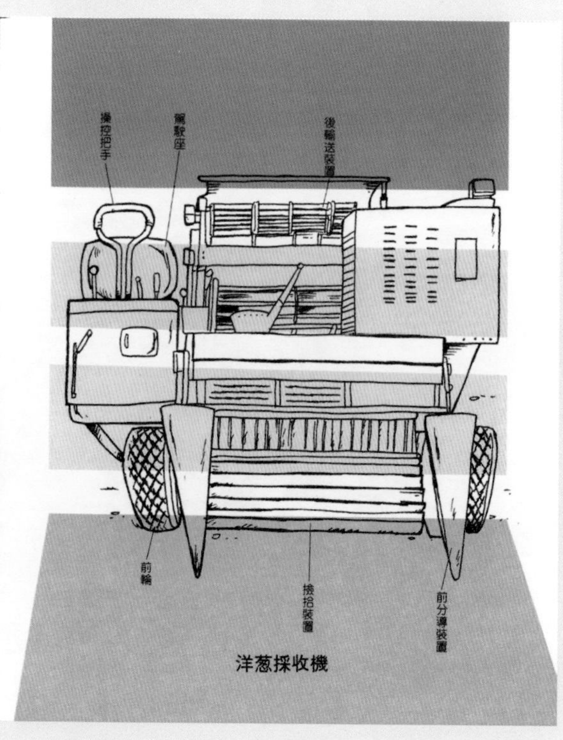
操控把手
駕駛座
後輸送裝置
前輪
撿拾裝置
前分導裝置

洋蔥採收機

插圖

英文字母變變變

文・圖／湯瑪斯

給父母的話：

請將英文字母A上下左右擺放，讓兒童觀看，聯想出各式各樣的事物以後，動手畫出來。

大人和兒童一起思考，進行這個具有創意和想像力的造形活動，學習英文會更有樂趣。

一把大剪刀

可愛的小兔子

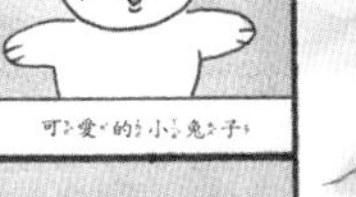

山上有樹、有房子

爸爸帶一副眼鏡

蝴蝶有美麗的翅膀

汽車有輪胎轉哪轉

《世界兒童揷畫選刊》 貓頭鷹的家 ●中華民國／劉

插圖憶想筆記

從小常會模仿名家的漫畫，慢慢摸索些線條、表情、動態、構圖、編劇的表現;另方面，看寓言、故事、童話、傳記等文學小說，漸漸地在閱讀中也有許多的畫面浮現在腦海中。

雖然在日後的創作中，以自寫自畫的漫畫、圖畫書居多，但也有許多刊頭、封面設計，童詩、童話、故事、小說、語文教育等各種報紙、雜誌、叢書作插畫工作。

曾經為兒童日報的幼兒版小品詩作插畫，運用剪貼加上簡單線條表現的手法，感覺輕鬆有趣!

為純文學出版社的《妹妹的紅雨鞋》插畫，為了表現稚氣與童真，特別用左手來繪作線條，再予以套色處理；對長年使用右手繪圖的我，是唯一這樣子去畫的書。

另外，有一套《亞森．羅蘋》全集，是在長篇偵探故事中，間隔數頁即以多格漫畫的形式，來作劇情的銜接，帶給讀者在文字閱讀的過程中，也能享受具體圖像演出的樂趣。

為國語日報週刊，繪作每周一次、刊載一整年的“三百六十行”圖畫，是我先選擇不同的行業，繪作整版的圖畫後，再由林良先生配上八行的小短文出刊;在名詞上，可能不叫“插圖”，而是另類的“插文”吧？

希望日後，還有機會為出版社繪作插圖與製作圖畫書，多為讀者們服務。感謝！

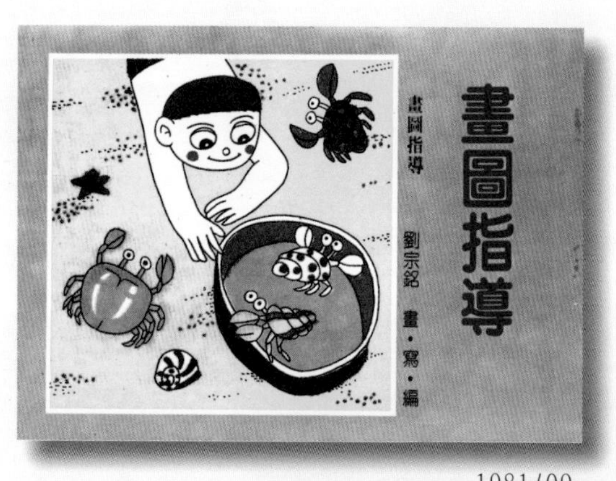

1981/09

太陽

春、夏、秋、冬，由於季節的不同，太陽給我們的感覺也不同；如果你想要對太陽有更真實的感受，那麼，你需要多多觀察四季中，清晨，中午，傍晚時候的太陽，有怎樣的變化？然後將你的觀察記錄下來，或是畫下來。

1982/05

太陽公公會騙人

太陽想騙偷懶的人
就裝着像老公公的模樣
早上慢慢的爬出東邊的山頭來
晚上慢慢的踱回西邊的山下去
等偷懶的人看完了日出和日落
已經被太陽公公騙走了一天

— 24 —

最美的電影

大自然的銀幕裏
放映着最美的電影
你看
海那麼美還不夠
更有着沙灘
沙灘那麼美還不夠
更有着海浪
海浪那麼美還不夠
更有着浪花
雨那麼美還不夠
更有着陽光
陽光那麼美還不夠
更有着彩虹
彩虹那麼美還不夠
更有着落日
啊
大自然的銀幕裏
放映着最美的電影

— 2 —

— 3 —

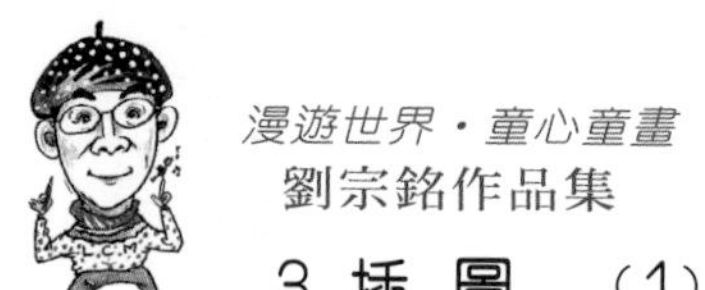

1987/06

1988/04

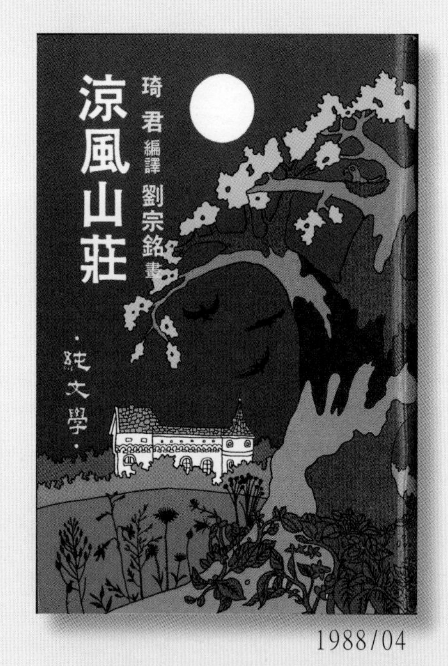

1988/04

1988/04

寶石魔女 12

1992/01

5 鑽石服裝不見了

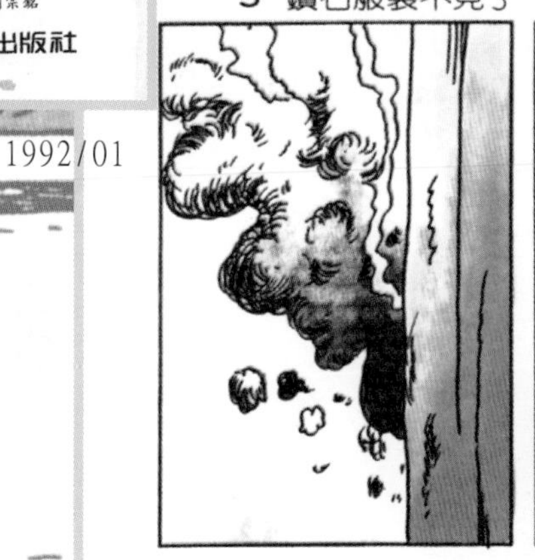

雙屋案 6

「壞人！綁匪！抓住他呀！」

戴耐利指著蒙面人大喊。可是現場太混亂了，沒有人聽到他的喊叫聲。他只好穿越重重障礙，好不容易擠出門，來到了哈斯曼街，他四處張望，但是並沒有蒙面人的影子。這時，彭務本趕到了。

「喂！戴耐利，綁匪呢？」

「逃走了。」

「那鑽……鑽石……」

「當然是被搶走了啊！」

「天啊！」彭務本差點兒心臟病發作，戴耐利趕緊扶他到後臺。這時，他們才了解根本沒有失火，而是有人利用放煙火的火藥，製造失火的假象。

雙屋案 2

綴滿珍貴鑽石的禮服登臺表演。雷吉娜的失蹤，使得提供鑽石的彭務本先生急得團團轉。雖然，警方已展開搜捕行動，但是一點蛛絲馬跡也沒有。

彭務本是個謎樣人物，本來他是個珠寶商，專做人造珍珠的生意。有一次，他到海外旅行，回來之後，搖身一變成為大富翁，大家都稱他是「寶石大王」。

綁架事件當晚，彭務本正在後臺陪著雷吉娜。當時，雷吉娜穿著綴滿鑽石的衣裳，顯得很緊張，看起來一副憂心忡忡的樣子。

「雷吉娜，不必擔心，警方已經安排好了，歌劇院的四周都有警察巡視，後臺也派了好幾名刑警，謹慎的注意進出的人。」

「可是……」她還是不放心，仍止不住稍稍的顫抖著。

3 鑽石服裝不見了

「妳放心吧！我老早就拜託有名的刑警——貝修警長，來保護妳的安全。雖然他因為有更重要的事情要辦，今天不能親自到場。但是，他派了三名得力助手來保護妳，不會有事的，安心去表演吧！」彭務本拍拍雷吉娜的肩膀，笑著說。

「嗯！謝謝你提供了這麼華麗昂貴的鑽石禮服。我真擔心，萬一輸給時裝模特兒歐帝蕾，那……」

「哎呀！上臺時間都快到了，還這麼沒信心，這怎麼成呢？是不是呀，戴耐利兄。」彭務本對身旁的年輕紳士這麼說著。

這位紳士名叫約翰．戴耐利，身體結實，充滿活力。他不但喜歡冒險，而且還在三個月前，因為完成了單人駕駛汽艇環遊世界一周的壯舉，而聲名大噪。

雙屋案 4

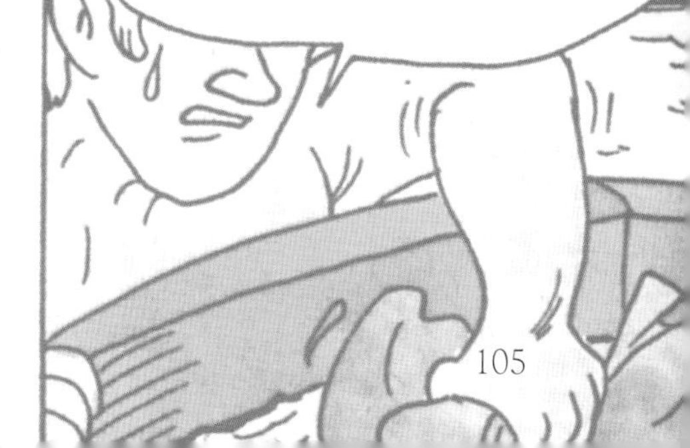

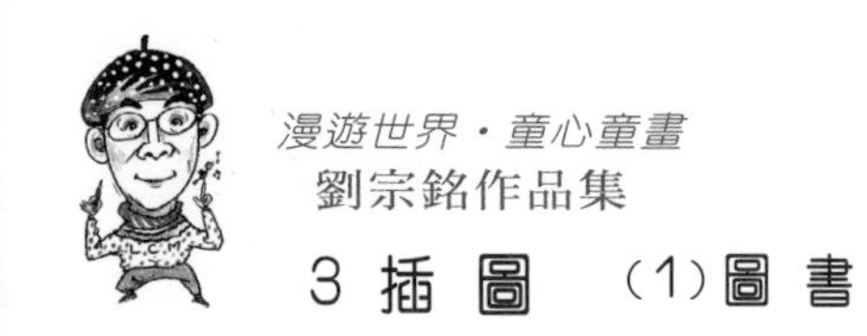

2009/04

歷代皇帝
神聖功德碑

2012/02

2012/02

醬
醬
醬
醬
醬
醬

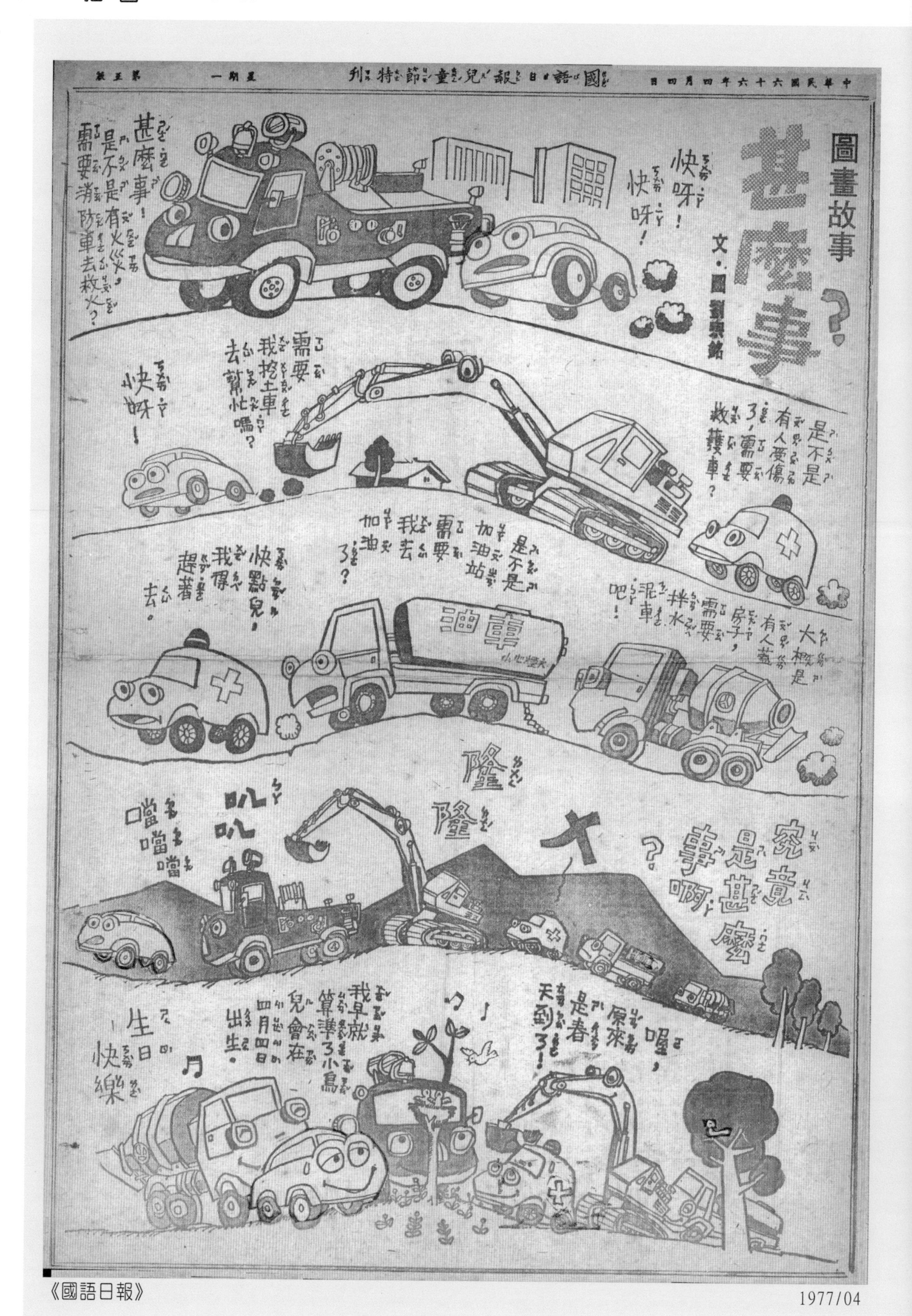
中華民國六十六年四月四日
國語日報兒童節特刊
星期一
第五版
圖畫故事
甚麼事？
文・圖 劉宗銘
快呀！快呀！
甚麼事？是不是有火災？需要消防車去救火？
快呀！
需要我挖土車去幫忙嗎？
是不是有人受傷了，需要救護車？
是不是加油站需要我去加油了？
快點兒，我得趕著去。
油車
大概是有人蓋房子，需要水泥拌車吧！
隆
隆
叭叭
噹噹噹
究竟是甚麼事啊？
喔，原來是春天到了！
我早就算準了小鳥兒會在四月四日出生。
生日快樂

《國語日報》 1977/04

《大華晚報》
1978/12

中華民國八十六年 一 月 十 日／星期五

有翅膀的歌

當媽媽

文／陳芳美 圖／大卡

告訴你，我將來要當媽媽。
你會煮飯嗎？
你會上班嗎？
你會洗碗嗎？
告訴你，當媽媽要很行！

給父母的話：

幼兒喜歡玩模仿大人的遊戲，可以問問幼兒會做大人做的事嗎？讓幼兒了解大人的工作和辛勞。

《兒童日報》 1997/01

《兒童日報》 1997/03

《兒童日報》 1997/02

中華民國八十六年 三 月廿一日／星期五 兒童日報

有翅膀的歌

偷笑

文／陳芳美
圖／大卡

小妹又穿爸爸的大拖鞋了，
一邊走，一邊偷笑。
哎呀，不得了，摔一跤。
小妹爬起來，打著拖鞋說：
「都是你害的！」
我在旁邊看到了，偷笑。

給父母的話：幼兒常自己玩，自己和自己講話，試著把幼兒的心情說讀出來，他一定會認同。

1997/03

《兒童日報》

1997/01

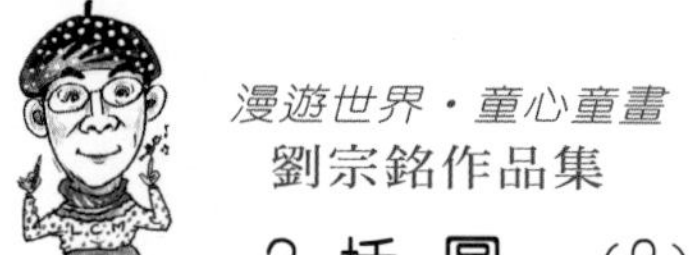

火車

陳芳美 文
劉宗銘 圖

火車載着每一個想回家的人到處跑。
跑過了山洞，
跑過了田野，
跑過了海邊，
嗚嗚！嗚嗚！嗚嗚！
眞辛勞。
一邊跑着還一邊叫：
誰的家快到了？
誰的家快到了？

《國語日報》 1980/12

就等這一天

有一隻獅子，每天出去捕獵食物。

有一隻羊看見這種情形，心裏想：『我只要每天跟着獅子，有他在前頭開路，就不用擔心別的動物來欺負我。這倒是一個好辦法。』

羊每天就跟着獅子走，優閒地在獅子後頭吃草。

有一天，獅子找不着食物，回過頭來要吃羊。

羊害怕地說：『你爲甚麼要吃我？』

『我把你養得肥肥的，等的就是這一天！』

羊說：『唉！爲甚麼我沒想到有這麼一天呢？』

羊因爲投機，依賴獅子的結果，竟喪失了生命。

陳芳美 文、
劉宗銘 圖

《國語日報》 1981/12

～各行各業，分工合作2（菜販）～

菜市場

文／林良　圖／劉宗銘

走進菜市場，
滿眼是蔬菜。
這個也想要，
那個也想買。
張先生！李太太！
過來過來請過來！
今天的菜很新鮮，
包你吃了會喜歡。

傳統市場裡面什麼菜都有，冬瓜、蛤蜊、大竹筍……蔬菜水果、肉品海產都新鮮。多吃蔬果，有益健康！

想一想，如果你是菜攤老闆，你會做哪些事情？怎麼樣生意才會好？

《國語日報週刊》　2001/

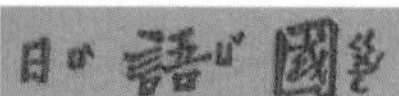

看看圖說說話　這一欄，小朋友可以自己看，也可以和爸爸媽媽一起看看圖說說話。

~各行各業，分工合作16（美容師）~

美容師

文／林良
圖／劉宗銘

媽媽要去吃喜酒，
頭髮亂了不好看。
趕快去找美容師，
幫她打扮打扮。

媽媽從美容院回來，
變得那麼漂亮。
大家忍不住讚美她：
好像仙女一樣！

美容院是提供理髮、美容的地方。美容師幫顧客剪出各式各樣好看的髮型，有的美容院還提供修面、修指甲、按摩、護膚等服務。美容院是個清香、美麗、讓人放鬆心情的地方。美容師工作的時候幾乎都是站著，而且要學習各種的技巧，是一份需要興趣和技術的工作。

《國語日報週刊》　2001/

國語日報

看看圖兒說說話　道一欄，小朋友可以自己看，也可以和爸爸媽媽一起看看圖兒說說話。

～各行各業，分工合作26（漫畫家）～

漫畫家

文／林良
圖／劉宗銘

連環圖畫很好看，
越看越愛看。
不知道這種圖畫
畫起來難不難。

漫畫家，
你好有本事！
你怎麼想得出來
這麼有趣的故事？

漫畫家很會畫圖畫，他會用最簡單的輪廓素描，運用誇張的、比喻的、詼諧幽默等的畫面，表達出某一種想法，或對現實環境的觀察。

喜歡看漫畫和卡通影片的人，想像力和創造力多半比較豐富。因爲漫畫、卡通是透過生動的圖畫來講故事，不但可以培養讀者的幽默感，也可以引導讀者觀察，一起進入不可思議的創意世界。

5 童年生活小天地
第473期
天上聖母千秋
千里眼
順風耳
湄洲謁祖進香
大甲鎮瀾宮
湄洲謁祖進香
大北港進香
大甲天上聖母
大天上聖母

《國語日報週刊》

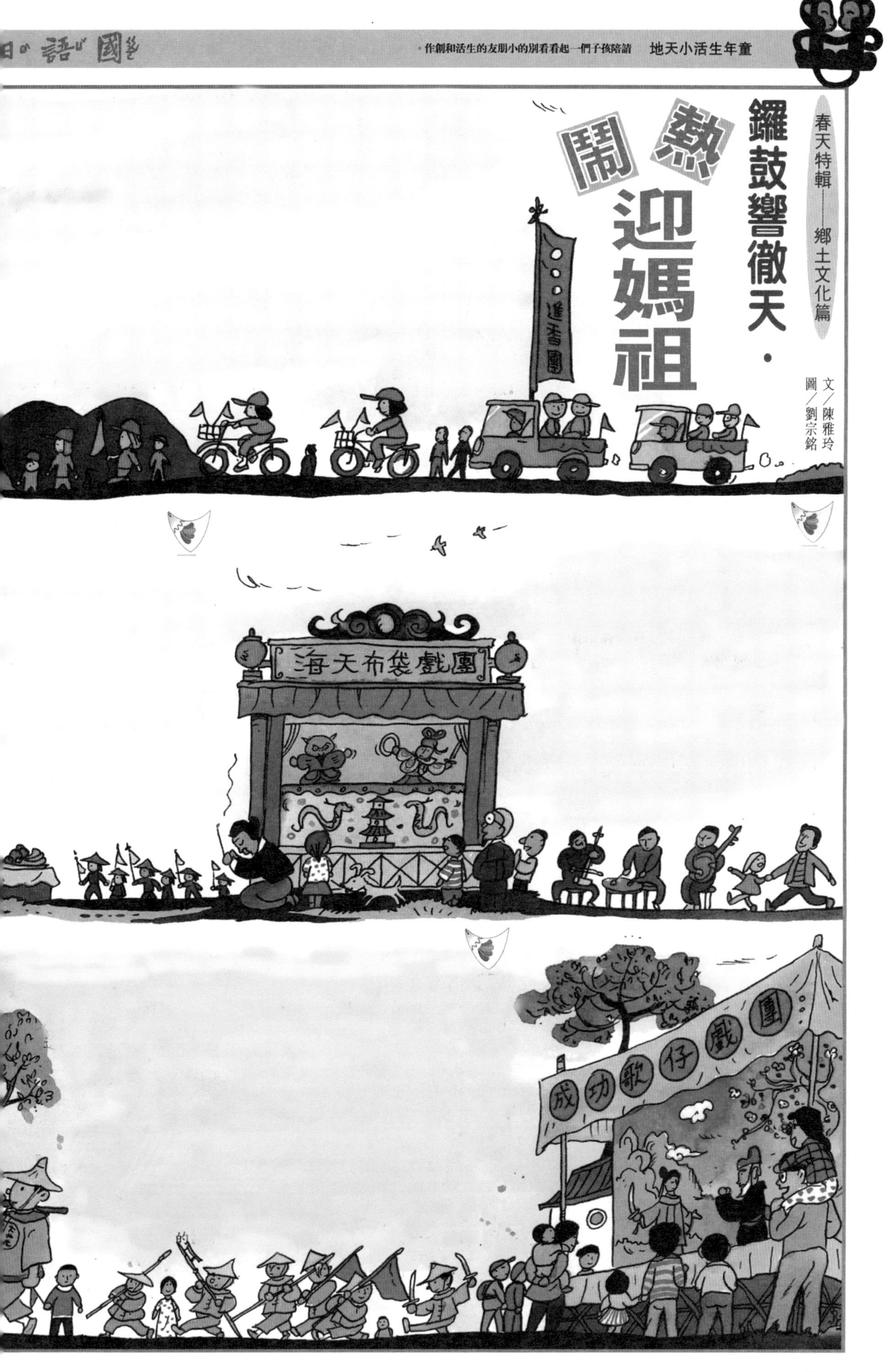

童年生活小天地
請陪孩子們一起看看別的小朋友的生活和創作。
春天特輯——鄉土文化篇
鑼鼓響徹天．熱鬧迎媽祖
文／陳雅玲
圖／劉宗銘
進香團
海天布袋戲團
成功歌仔戲團

《國語日報週刊》

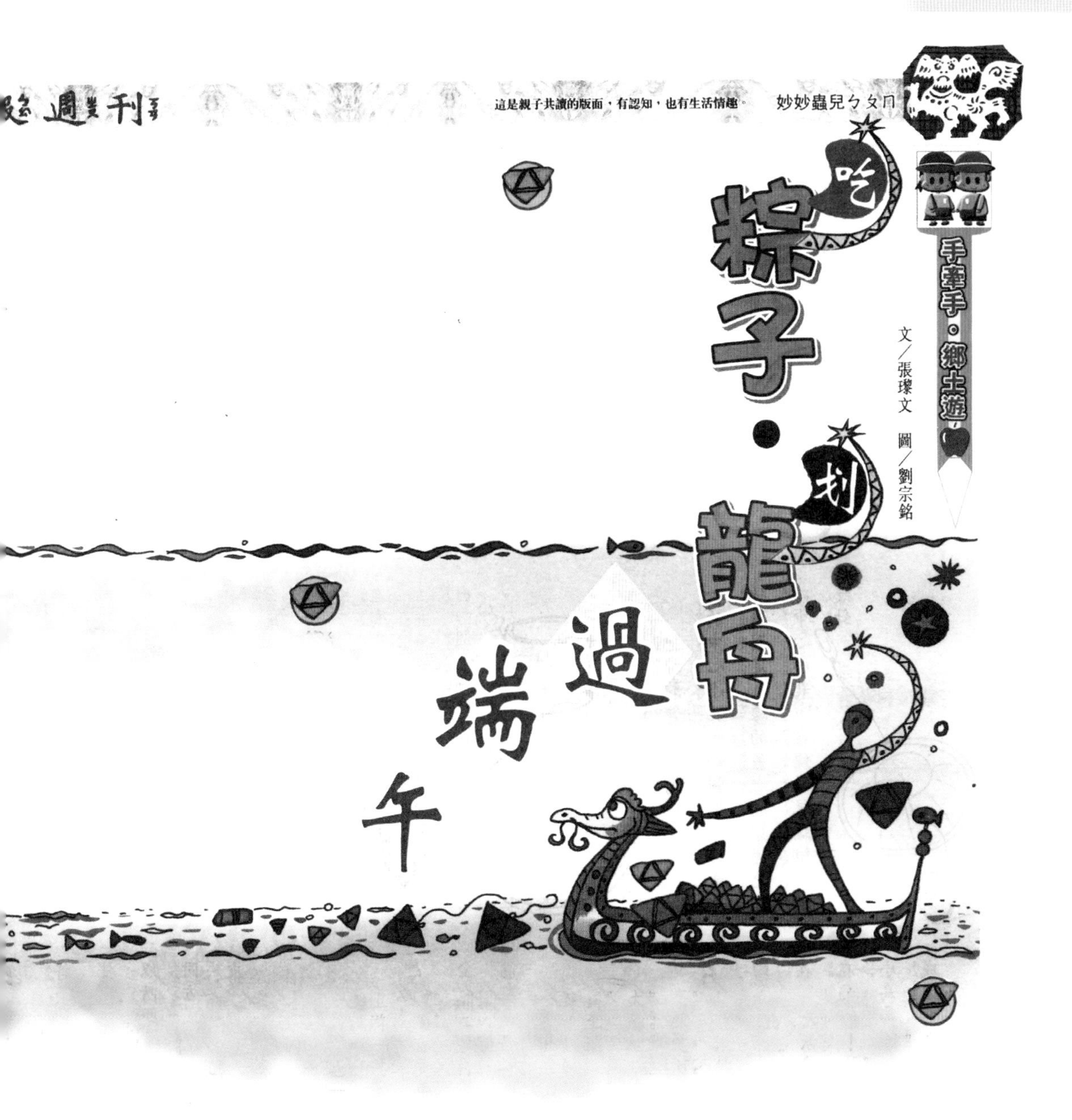
這是親子共讀的版面，有認知，也有生活情趣。
妙妙蟲兒ㄅㄆㄇ
手牽手・鄉土遊
吃粽子・划龍舟
過端午
文／張璨文 圖／劉宗銘

《人間福報》 2004/08

《人間福報》 2004/08

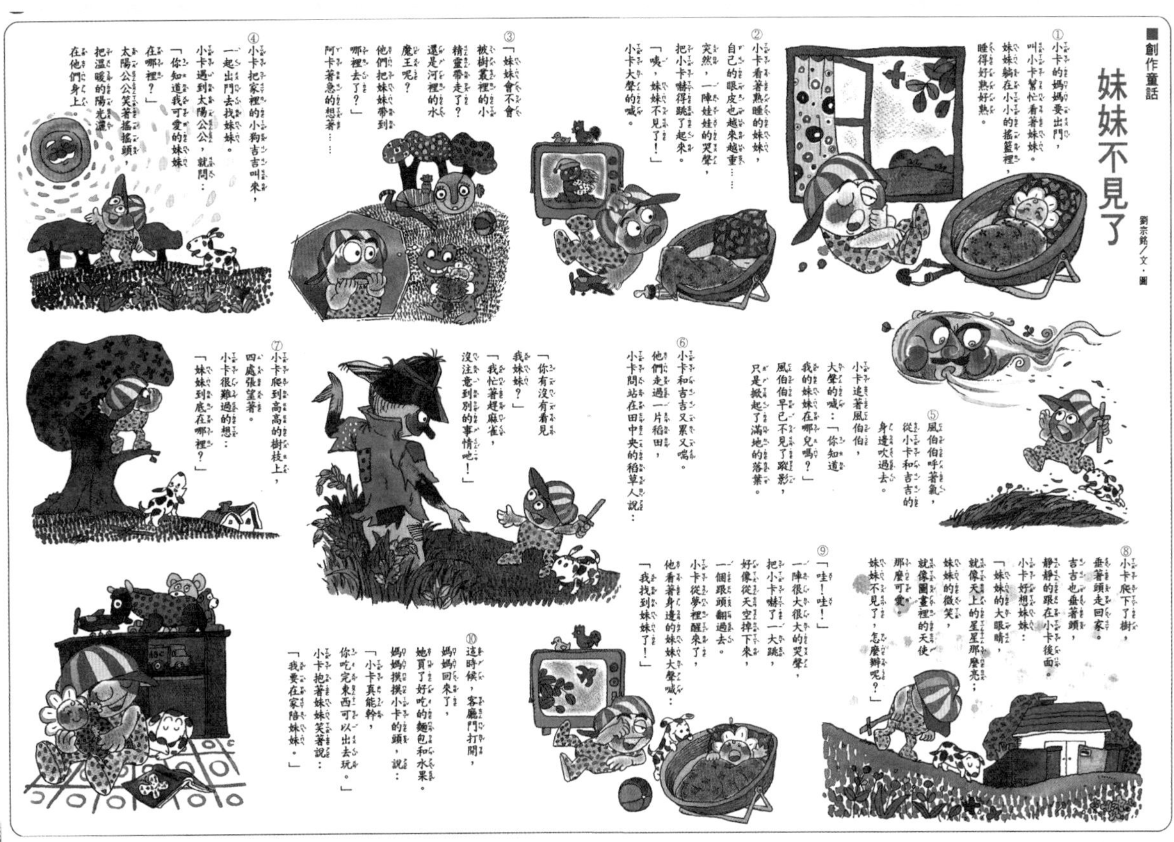

■創作童話

妹妹不見了

劉宗銘／文・圖

①小卡的媽媽要出門，叫小卡幫忙看著妹妹。妹妹躺在小小的搖籃裡，睡得好熟好熟。

②小卡看著熟睡的妹妹，自己的眼皮也越來越重……突然，一陣娃娃的哭聲，把小卡嚇得跳了起來。「咦，妹妹不見了！」小卡大聲的喊。

③「妹妹會不會被樹叢裡的小精靈帶走了？還是河裡的水魔王呢？他們把妹妹帶到哪裡去了？」阿卡著急的想著……

④小卡把家裡的小狗吉吉叫來，一起出門去找妹妹。小卡遇到太陽公公，就問：「你知道我可愛的妹妹在哪裡？」太陽公公笑著搖搖頭，把溫暖的陽光灑在他們身上。

⑤風伯伯呼著氣，從小卡和吉吉的身邊吹過去。小卡追著風伯伯，大聲的喊：「你知道我的妹妹在哪兒嗎？」風伯伯早已不見了蹤影，只是掀起了滿地的落葉。

⑥小卡和吉吉又累又喘。他們走過一片稻田，小卡問站在田中央的稻草人說：「你有沒有看見我妹妹？」「我忙著趕麻雀，沒注意到別的事情吧！」

⑦小卡爬到高高的樹枝上，四處張望著。小卡很難過的想：「妹妹到底在哪裡？」

⑧小卡爬下了樹，垂著頭走回家。吉吉也垂著頭，靜靜的跟在小卡後面。小卡好想妹妹：「妹妹的大眼睛，就像天上的星星那麼亮；妹妹的微笑，就像圖畫裡的天使那麼可愛。妹妹不見了，怎麼辦呢？」

⑨「哇！哇！」一陣很大很大的哭聲，把小卡嚇了一大跳，好像從天空掉下來，一個跟頭翻過去。小卡從夢裡醒來了，他看著身邊的妹妹大聲喊：「我找到妹妹了！」

⑩這時候，客廳門打開，媽媽回來了，她買了好吃的麵包和水果。媽媽摸摸小卡的頭，說：「小卡真能幹，你吃完東西可以出去玩。」小卡抱著妹妹笑著說：「我要在家陪妹妹。」

《國語日報週刊》 1996/12

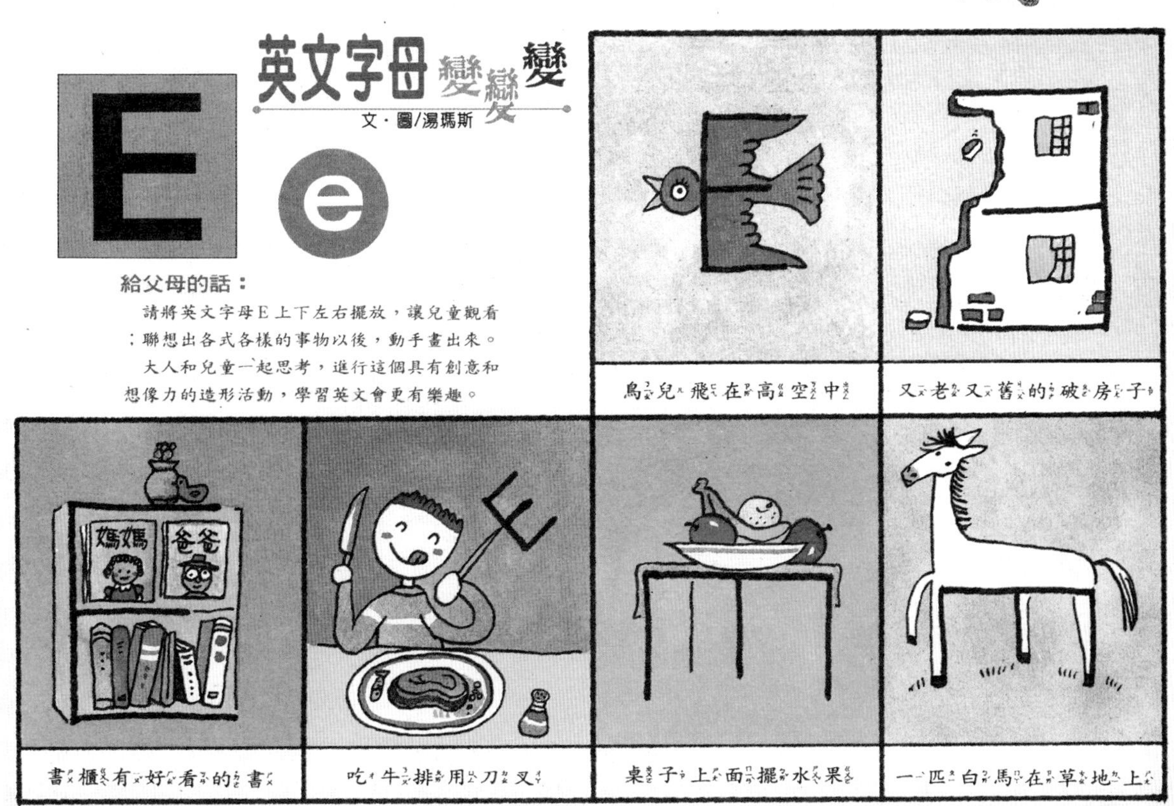

中華民國八十六年 二 月 三 日／星期一　幼兒版 10 兒童日報

英文字母變變變

文・圖／湯瑪斯

E e

給父母的話：

請將英文字母E上下左右擺放，讓兒童觀看；聯想出各式各樣的事物以後，動手畫出來。大人和兒童一起思考，進行這個具有創意和想像力的造形活動，學習英文會更有樂趣。

鳥兒飛在高空中

又老又舊的破房子

書櫃有好看的書

吃牛排用刀叉

桌子上面擺水果

一匹白馬在草地上

《兒童日報》 1997/02

歡喜慶鼠年　圖／劉宗銘

《國語日報週刊》　2008/02

珍惜自己・感謝別人
圖／劉宗銘

《國語日報週刊》　2008/03

(3) 雜 誌

詩／陳芳美　圖／劉宗銘

《幼獅少年》　1987/03

弟弟的句子

詩／陳芳美
圖／劉宗銘

弟弟不會造句
只會寫心事
有一次老師出題目——「如果……那麼……」
弟弟就寫：
「如果媽媽再生個男孩子，那麼就糟了。」

《幼獅少年》　1985/11

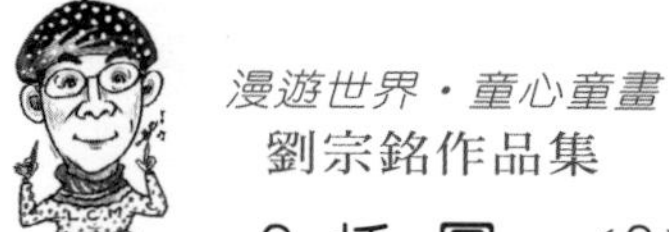

給兒童的話

過年真好

文/林良
圖/劉宗銘

《兒童的》 1987/02

神奇果樹

文・圖/劉宗銘

「哇—這是不可能的，樹上怎麼會有那麼多種類的水果？」小白兔阿蹦發現一棵神奇樹。

「葡萄、柳丁、橘子、香蕉、草莓、蘋果、西瓜…，看起來真好吃哪！」烏龜小綠看了直流口水。

可是，神奇果樹長得太高了，阿蹦和小綠沒辦法摘到。

小綠想到一個好辦法，他不是有很多好朋友嗎？

「小婷、小均、阿佳，小小、阿東、小紅，吉立、可可、明玉、依文、小竹…，請大家一起來，好不好？」

「沒問題，好朋友就應該互相幫助的嘛！」

池塘裏的烏龜，不管男生、女生，胖的、瘦的，一隻跟著一隻，跟著小綠走。

所有的烏龜，不管大的、小的，高的、矮的，全部疊起來也不夠高；連阿蹦加上去，還是摘不到水果。

神奇果樹笑嘻嘻的說：「不要急，別煩惱，我喜歡看到大家高高興興快快樂樂的笑容，讓我來幫忙。」

突然間，所有的果子愈長愈大了！果子又多又重，枝葉也愈垂愈低。

現在，大家不用費很大的力氣，就能摘到又香又甜的水果。

《兒童的》 1987/03

話　新　年

文/陳芳美　　圖/劉宗銘

新年到，家家戶戶忙過節。

最花時間的事，便是買年貨。

平常的「胃」，到了過年好像變大了似的？每戶人家都需要大買特買？儘管菜價更貴，大家也不在乎價錢了。

新年裡，除了吃以外，便是家家戶戶逢人說恭喜。

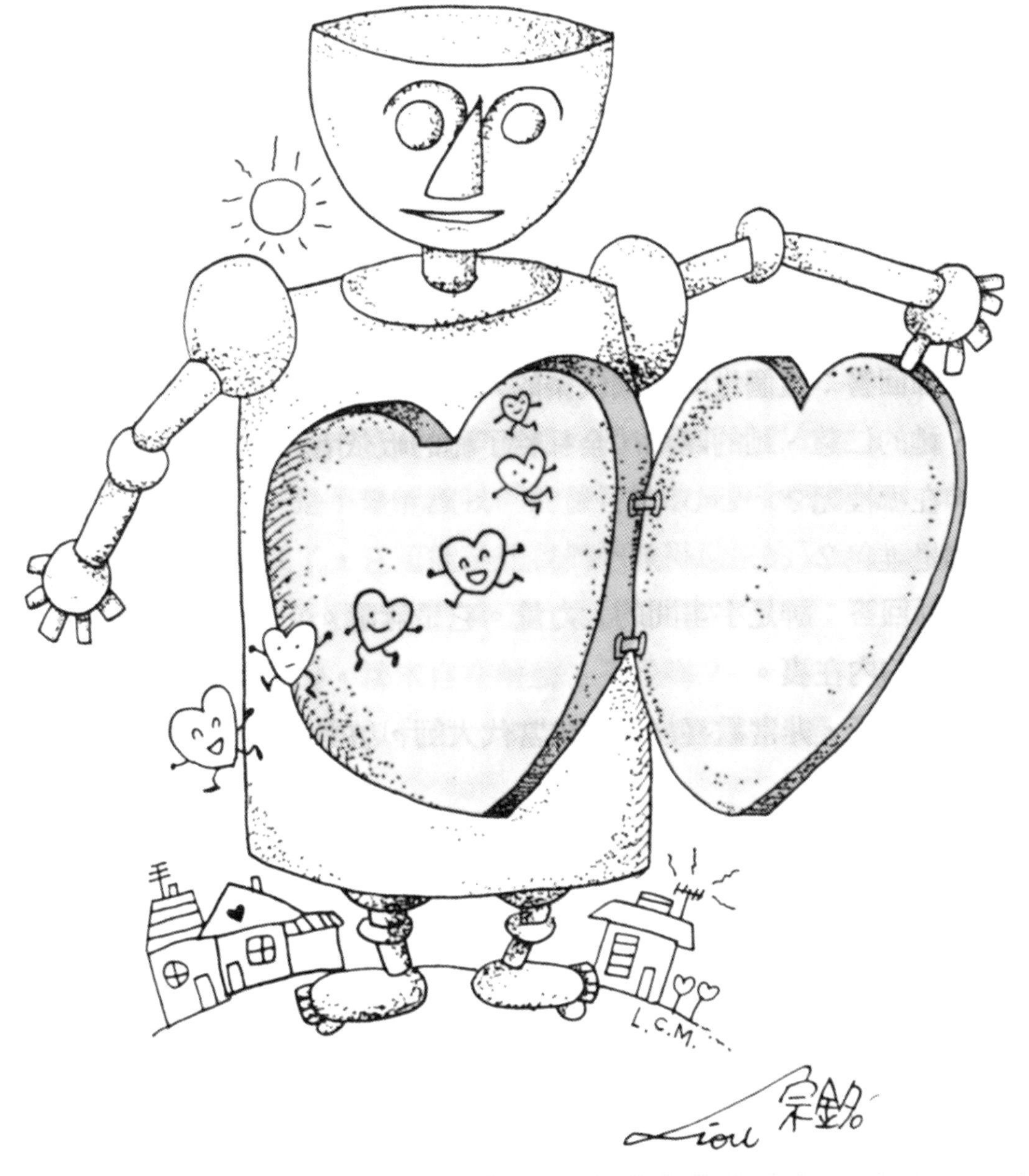

《關係我》　　1996/03

《兒童文學家》 1991/03

《兒童文學家》 1991/03

《全國兒童樂園》 1991/05

《全國兒童樂園》 1991/06

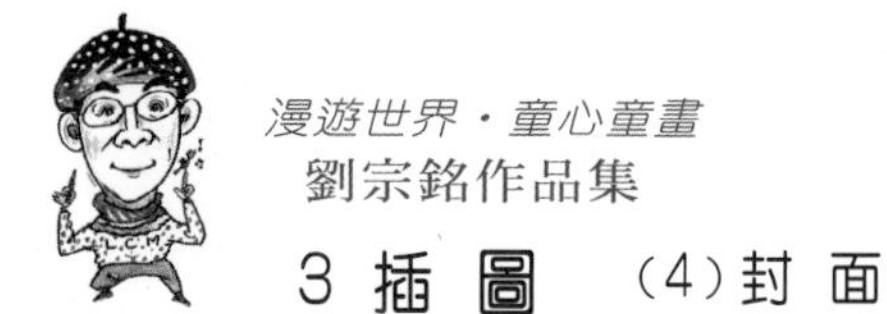

小樹苗
半月刊
中華民國六十七年元月十五日出刊
LCM

1978/01

1992/05

1982/01

神情,好像看不見
台北藝畫廊
展示一幅
照片攝影
Maxwell
2019.3.30. Liou.
藝術家一天
畫 杜福安 2015.
Liou
2019.8.3.

藝術創作

《世界童畫選刊》
表演
●中華民國／劉宗銘

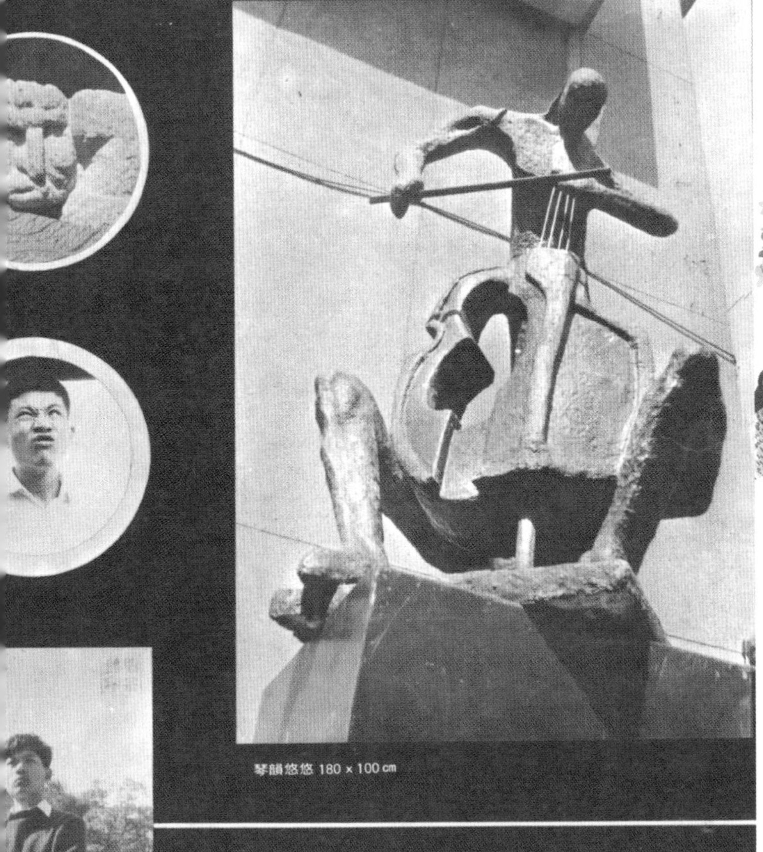

琴韻悠悠 180 × 100㎝
劉宗銘
台灣南投

2017.8. Liou 宗銘

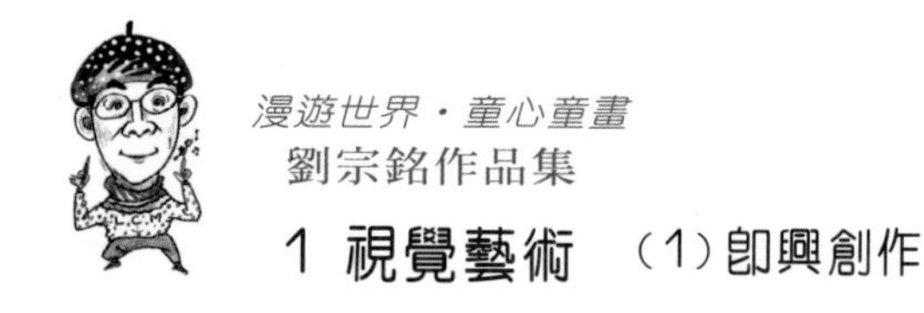

藝術生活樂趣多

1960年代的童年，物質並不是很充裕，生活周遭也難得感受藝術方面的概念。那也是一個以升學為導向的年代，在小學、國中的美術、音樂等藝文課程，常常改上國語、英文、數理的補習；即使上了幾堂美術課，也大都是由學生自行仿書頁上的印刷圖畫，做鉛筆、水彩的練習，少有美學知識的欣賞或創作。

當年，我從臺灣新生報每週附贈32開本的《新生兒童》小刊物，由封面欣賞到活潑的字體與多樣風格的彩色圖畫設計；封底和封底裏的趣味漫畫，還有內頁的寓言、故事與插畫，大大啟蒙了我的創意發想。

故鄉埔里有高山流水，有一年四季的田園色彩，這些山城的自然景觀特色，也是我沉潛藝術的養份吧！

高二之後，比較有正式的素描、水彩、書法、水墨及寫生的練習，順利在國立臺灣藝專，照著個人興趣攻讀藝術學程；迄今，感恩能夠持續過著感受真、體驗善、發現美的藝術生活。

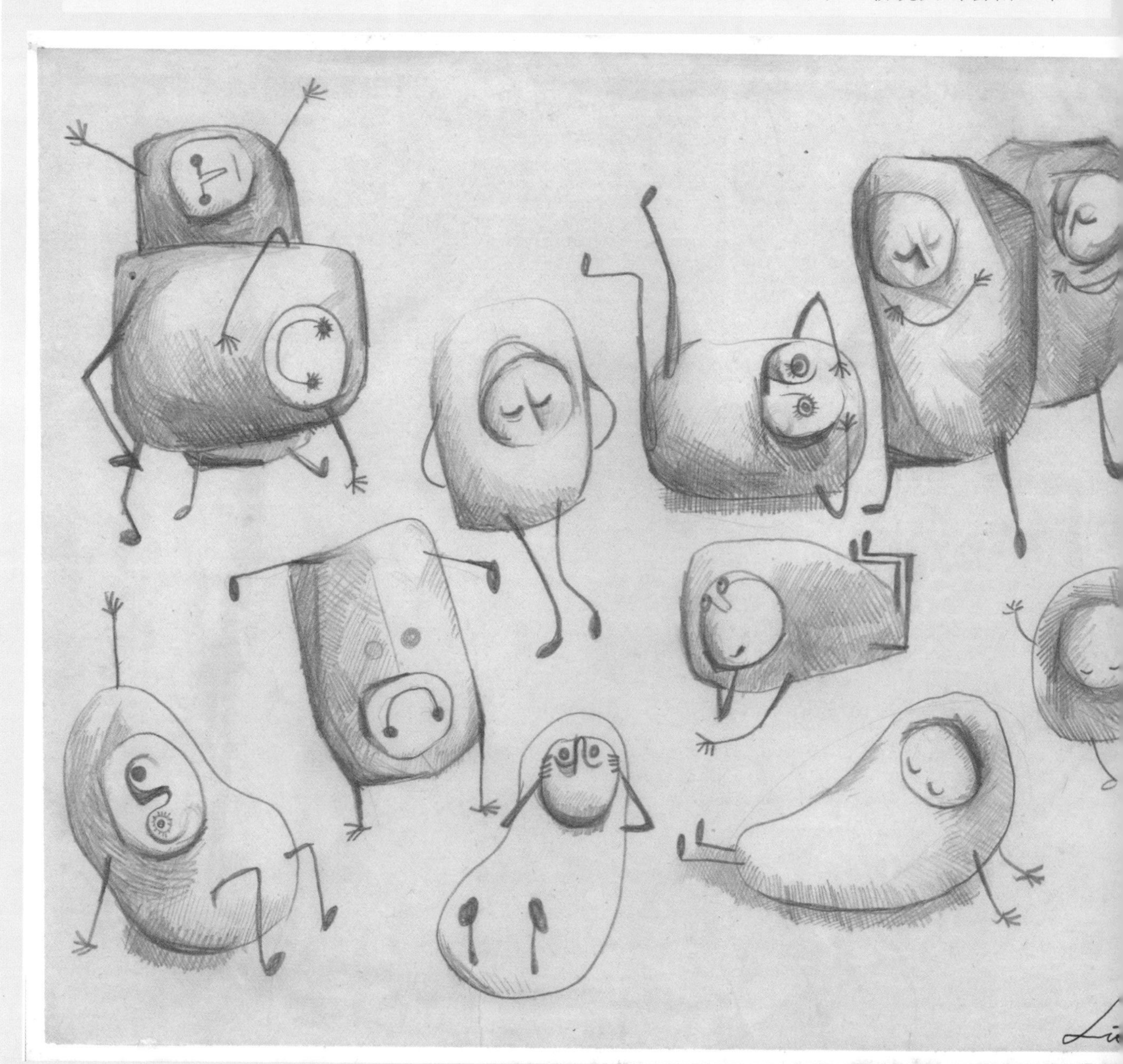

1973/02

夜的联想

是靜的
是幽瞑的
是沉思的

想著夢
乘著夢

在夢裏遨遊
在夢裏歡笑
在夢裏舞蹈

夜的名字
叫「幽寂」
血型屬於
藍

2014/05

藝術是孤異的點思和人性的前導.

1973/12

2014/07

2014/06

2014/08

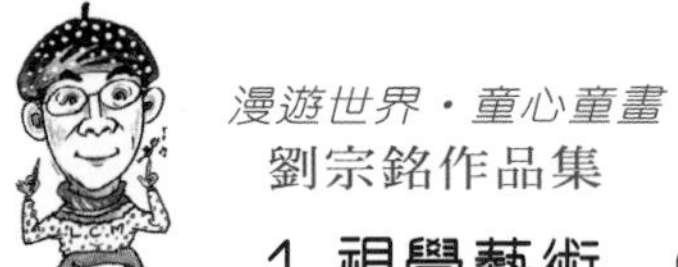

2015/07

2015/01

2015/07

2016/12

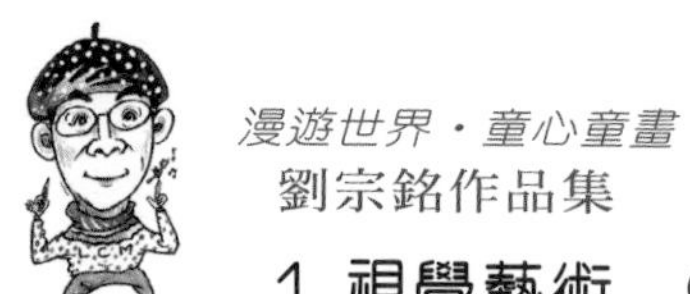

2015/01

2016/11

2014/11

2014/08

2016/

2016/02

2016/08

2018/

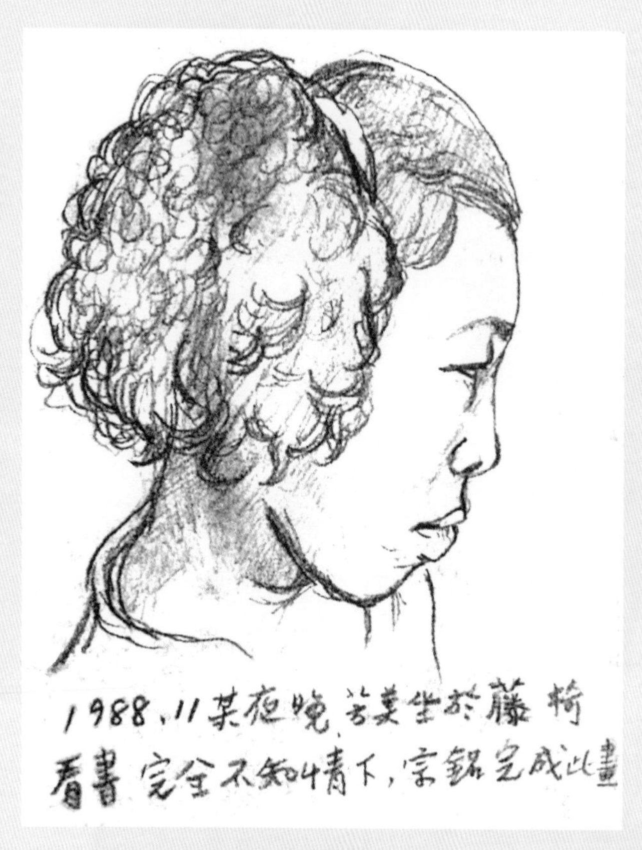
1988.11某夜晚 芳美坐於藤椅
看書 完全不知情下，宗銘完成此畫

1993.5.15.
Liou

Liou
1994.5.1.

10/22.
'97.

季陽
2001. 8.11.
Liou
湋倫
'2001.8.11.
Liou
2012.11.30.
Liou
宗銘
：黃舜隆畫像.

昱均
'2001 Liou宗銘

琬毓
劉宗銘
'01.8.11.

妍蓁
Liou宗銘
'2001.8.11.

畫洪德麟
2008.10.11.
Liou

2012.11.4.碧砂漁港

福安橋
1999.5.14.劉宗銘畫"卯澳漁港"

碧沙漁港夕照 2014/07/19

淡水 雲門舞集
2017.3.

2017.12.11. 布袋.洲南鹽場. Liou.

（4）陶瓷作品

用陶土來畫畫

廣角鏡

——發現童心、童趣與創意之美

文／陳芳美

圖片提供／劉宗銘

小朋友，如果想畫圖，會想到用什麼畫材和畫具呢？使用鉛筆、原子筆、色鉛筆、蠟筆，或是水彩，還是用毛筆來畫水墨畫呢？你有沒有想過用彩瓷來畫畫，那是最具趣味性與色彩變化的創作呢。

瓷土、陶土的可塑性高，造形變化多，有平版、圓盤、方盤，各種造形的杯、壺、瓶、罐、碗、碟等器皿，我們還可以自由的去塑造並塗繪。釉色在高溫或低溫的燒製過程中，會產生可預期和出乎意料的色彩變化效果，這就是作陶藝的樂趣。

畫家劉宗銘，這一次融合了獨特的想像力與雕塑造形的專長，將美的感情和童心，在彩瓷上作了許多創意的展現，這些作品會在臺華藝術中心展出。

趁著暑假，別忘了和爸爸媽媽來一趟「發現童心、童趣與創意」的知性之旅吧！

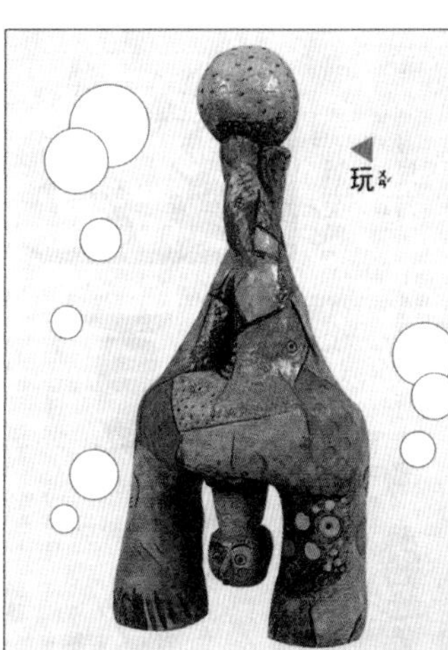

◀玩

▶魚貓同戲

◀看魚——這是一個傘桶。

活動訊息

劉宗銘彩瓷創作展

・展出時間：即日起至八月二十九日。

・展場：臺華藝術中心（臺北縣鶯歌鎮中正一路426—434號）

・洽詢電話：（〇二）二六七八〇〇〇〇。

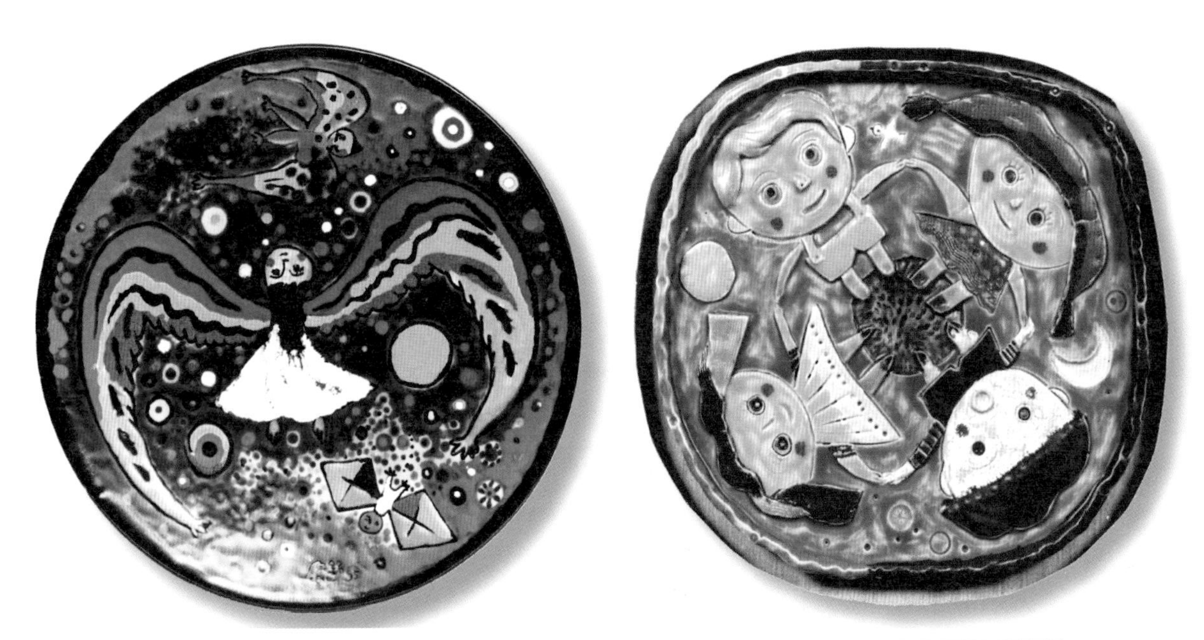

'96.12. Liou

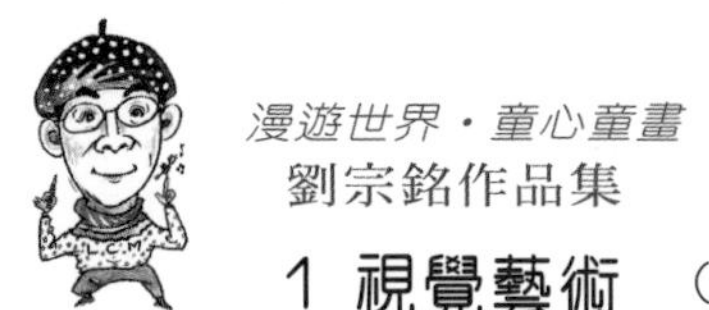

（阿克力畫）

烏龜號特快車

劉宗銘

時間：一個溫暖的晴天

場景：野外、藝術館前

人物：烏龜：慢慢（溫文有禮，走路和緩）

兔子：快快（急躁自大，蹦蹦跳跳）

小狗：汪汪（勇猛有力，善跑善跳）

蝸牛甲：緩緩

蝸牛乙：乖乖

蝸牛丙：皮皮

第一幕

場景：野外

時間：早晨

幕起，輕快的音樂揚起。

慢慢：（吹著口哨上場。）啊！今天的天氣真好，是散步的好日子。（哼著音樂下場。）

快快：一、二，一、二……（快步跑到場中央。）我的名字叫快快。跑、跳，都是我的專長。噯呀！ 話說從前，我爸爸的爸爸的爸爸的爸爸的……（直說到一口氣完，大吸口氣。）和烏龜舉行馬拉松賽跑，結果，我爸爸的爸爸的爸爸的爸爸的……（又說到一口氣完，大吸口氣。）太自大了，竟然在半路上睡大覺！後來呢，就不用講啦！跑輸啦！從那個時候開始，我們兔子再也不敢在賽跑的時候睡覺了。（原地跳兩下，跑步下場。）

（慢慢哼著音樂，慢步上場，接著快快迎面而來。）

慢慢：是快快呀？早安，你也在散步呀？

快快：（不耐煩的語調。）我是在跑步，不是在散步。誰像你，天天只會慢慢地走呀走，我們偉大的兔子可不喜歡慢吞吞的走，我們喜歡快快的跑。（得意的姿態。）

慢慢：散步可以修身養性，脾氣不會毛毛躁躁的，這有什麼不好？

快快：反正我就是看不慣你那慢條斯理的樣子。嘿，我可沒空再跟你閒聊了，我要繼續運動去了。（從慢慢背上跳過去。）

慢慢：噯呀！真是的，從人家背上跳過去，真不懂禮貌。我還是繼續散步去吧！（往前走，下場。）

（遠處傳來狗吠聲，由遠而近，汪汪及慢慢從左右上場。）

慢慢：是超音狗汪汪呀？

（汪汪跑到慢慢前面停下腳步。）

汪汪：慢慢，你好呀！

慢慢：你是在「早安！晨跑」，是嗎？

汪汪：是呀！我如果每天不多跑幾圈，就是覺得不對勁。唉，不是我在說你呀——慢慢，你真的是跟不上時代啦！

慢慢：為什麼？

汪汪：現在是二十一世紀了，做什麼事情都得快！快！快！像你這樣慢吞吞的，講話慢吞吞，吃東西慢吞吞，走路慢吞吞，唉，怎麼得了！

慢慢：可是——我生下來就是烏龜，我再怎麼努力，也沒有辦法比得上你們的速度呀！

汪汪：對不起，我還有別的事兒，必須先走一步了，再見！（汪汪叫著往後台去。）

慢慢：再見（目送汪汪。）

（狗叫聲漸低，低沉哀傷的音樂聲漸起。慢慢垂頭喪氣地踱方步，音樂漸弱。）

慢慢：唉！為什麼我生來不是一隻善跑、善跳的兔子呢？如果，我是汪汪的話多好呀！難道……難道說，我這輩子就永遠只能慢吞吞的嗎？唉，我想哭，真的想哭，我想好好痛哭一場！哇——（由飲泣聲而大哭）唉，怎麼沒有人陪我哭呢？我這麼可憐，永遠是別人取笑的對象。（由大哭變為飲泣聲，而止。）

（音樂聲起，蝸牛甲緩緩上場）

緩緩：慢慢大哥，什麼事兒使你悶悶不樂的？

慢慢：（無力地抬起頭來，又垂下。）唉，有什麼好說的，說了也沒有用的。

緩緩：慢慢大哥，說嘛。我媽媽常常告訴我說，不高興的事情一直悶在肚子裡的話，是會生病的 像胃病啦！頭痛啦！還有…… 對！晚上會做惡夢呢！

慢慢：好吧！我就告訴你。我是看到快快，還有汪汪狗都跑得那麼快，而自己卻怎麼跑也跑不快，很傷心。

緩緩：原來是這麼一回事呀！慢慢大哥，這不能怪你呀！你是天生慢，不是故意慢呀！

慢慢：謝謝你安慰我。喔，你上哪兒去呀？

緩緩：（抬頭看看太陽。）哎呀！糟糕！我和朋友約好，兩點到國立藝術館看皮影戲，我走得太慢了，現在快兩點了，要遲到了！

慢慢：你要去看皮影戲表演？

緩緩：是呀！慢慢大哥，請你幫個忙，載我去好嗎？

慢慢：我行嗎？我走路還不是那麼慢。不過，比起你來還是快得多。好吧，你爬到我的背上來，我們趕快去。

緩緩：好，我上來啦！（緩緩爬上慢慢背上。）

慢慢：哎唷！我的脖子好癢！

緩緩：你別亂動嘛！

慢慢：坐穩，可別掉下來了。出發——（慢慢吹口哨走出場。再次進場後，緩緩不小心，從慢慢背上掉下來。）

慢慢：緩緩，對不起，是我沒走好，害你跌下來了！跌傷了沒有？

緩緩：沒關係，我沒受傷，只是嚇了一跳。這要怪我沒坐穩，不是你的錯。

慢慢：沒受傷就好，快點兒再爬上來吧！這回可要坐穩咯！（緩緩再爬上慢慢背上。）

緩緩：好啦！這次再也不會掉下去了。走吧！（慢慢出場，音樂聲由強漸弱。）

第二幕

場景：藝術館前

時間：下午兩點

慢慢：藝術館到了。哇！今天來看皮影戲的觀眾真不少呢！

（蝸牛乙乖乖慢慢地出現）

緩緩：我起碼得走一個星期的路，慢慢大哥走起來只半天的功夫，真快，實在是太快了！我……有一點兒……暈「車」呢！…… 慢慢大哥，謝謝你啦！我下來了。（緩緩慢慢地爬下慢慢的背。）

慢慢：哈哈，不謝！不謝！再見。

緩緩：再見。（慢慢步出場。）

乖乖：緩緩，你來得真準時呀！

緩緩：乖乖，我們快點兒進場去看皮影戲吧！（同時進場。）

第三幕

場景：野外

時間：早晨八點左右

（快樂的音樂聲伴隨著慢慢進場。）

慢慢：啦啦……喂，上課快遲到了，小蝸牛們，大家快點兒上車了咯——

（蝸牛乖乖與皮皮進場。）

乖乖：來了，來了！

慢慢：下次你們再貪睡，上學遲到了，我可不管了咯！

皮皮：下次絕對不貪睡了，請慢慢叔叔載我們到學校去嘛！

乖乖：是呀！下一次，我也絕對不再貪睡了。

慢慢：好，一言為定，快爬到我的背上來，我們快點兒到學校去。（乖乖、皮皮爬上慢慢的背，大家笑著出場，然後慢慢獨個兒進場，輕快的音樂聲揚起。）

慢慢：哈哈，真不錯！我突然覺得日子過得好充實，好快樂，這大概就是所謂的「助人為快樂之本」吧！哈哈哈……（吹著口哨出場。）

（劇終）

「魔奇夢幻王國」公演 劇照/鄧志浩・劉宗銘

快快 慢慢 一對寶

劉宗銘創作表白

在1979年的時報周刊上，我繪作了一頁多格的彩色漫畫「烏龜號特快車」：描繪行動遲緩的烏龜，比不過會跑善跳的狗和兔子，在自卑傷心之餘，竟能幫助更微弱的小蝸牛們，因此心中充滿自信的小故事。

接著，我以兔子“快快”和烏龜“慢慢”為角色的四格漫畫，開始在國語日報的漫畫版定期發表，也在其他的書刊繪作故事與遊戲作品。過了一段時間，改變造型的兔子和烏龜，以“阿皮”、“土蛋”為名，繼續四格、短篇、長篇漫畫的創作；在1992年，也以《阿皮土蛋 妙朋友》獲國立編譯館頒給的連環圖畫榮譽獎。

參加1980年底由施合鄭民俗文化基金會舉辦的「皮影藝術研習會」；結訓之後共分8組，每組5人，各自編劇及製作影偶，在1981.01.04於臺北耕莘文教院及國立臺灣藝教館公演。節目表列有：魯智深醉打山門、選美大會、射雁奇緣、百鳥大廈、跛腳的國王、孫悟空荒山除妖、走不完的路和《烏龜號特快車》～由我負責編劇並設計皮偶。共同演出者有：劉宗銘、劉美琴、周錦玲、王小明、方朱憲。張命首、許福能兩位老師壓軸演出「三寶太監下西洋」。

這齣由“快快”和“慢慢”擔綱演出的燈影戲劇本同步在「小讀者」月刊登載。（經過刪修之後的劇本，在1988.11.27的兒童日報文藝版上再度登載。）

在1985年初，信誼基金出版社邀約繪作一本幼幼小書，我就以皮影劇《烏龜號特快車》為架構，增加了祝賀小象過生日的歡慶結尾，編繪書名為：《好朋友 一起走》的圖畫書。

這是一本沒有文字的圖畫書，是由充滿趣味的漫畫、活潑生動的影戲，到彩色精美印刷的圖畫書；的確，這是一段非常有意思的創作歷程。

皮皮影子劇團成立 爲孩童們帶來歡笑

挑起推廣皮影戲的任務

「皮皮影子劇團」的成員教導兒童操作皮偶（上），並爲他們演出（下）。（本報記者郭惠煜攝）

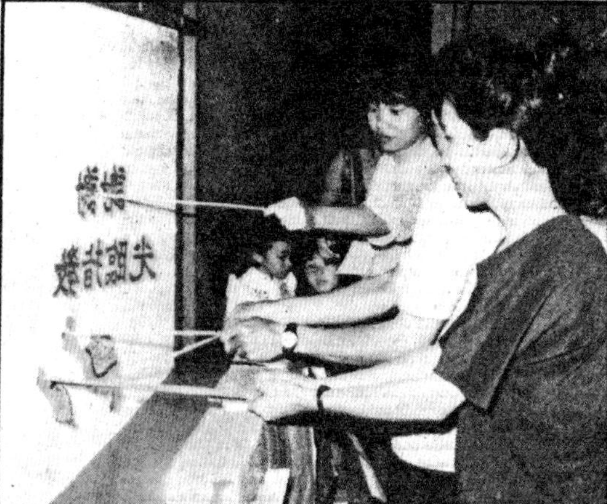

在兒童節的那天，新近成立的「皮皮影子劇團」應國立中央圖書館臺灣分館的邀請，在新生南路該館四樓，演出三齣皮影戲—烏龜號特快車、百鳥大廈、選美大會。

觀衆都是孩子們，看到螢幕上跳動的偶影，聽到麥克風傳出的聲音，童稚的臉上，個個都露出天眞的笑靨。

在施合鄭文化基金會所主辦的皮影研習會研習近三個月後，二十多位年輕人興致勃勃地組成「皮皮影子劇團」。

這羣年輕人，有國中、國小的教師、大專學校的講師和學生，以及畫家等等，三個月的研習，使他們瞭解簡單的製作皮偶方式及操作方法。

民間藝術學者邱坤良認爲，皮影戲比其他戲劇容易學習，三、五個月的學習，就能登台演出，因此對初學者能提高學習興趣。

據「皮皮影子劇團」負責人鄭凱麗表示，他們希望藉各種演出，能將皮影戲普及到大街小巷。由於他們大多數是國中、國小教師，就他們的經驗，他們認爲若把皮影戲應用到兒童教育上，是很好的視聽教材。

皮影戲這項民間藝術，從前流行於全國各地，而且都能和當地文化結合，在臺灣的皮影戲，就以臺語的形式演出。今日國語普及，鄭凱麗認爲，皮影戲如果改以國語的形態演出，它的觀衆，將更普遍。爲了符合現代人的口味，這個新劇團自己着手編了八個劇，其中以兒童劇爲多。

邱坤良表示，皮影戲的彈性較大，故事題材可以不限於傳統的章回小說。也許有一天，我們可以看到身着時裝的皮偶出現在白色螢幕上，耳中則聽到麥克風傳出的廸斯可音樂。

皮影戲是以小型劇場的型態演出，所需費用比起它種戲劇，要少得多。因此二十多位熱忱的年輕人，以他們有限的財力和人力，毅然地挑起推廣皮影戲的任務。

兒童節那天在臺灣分館的演出，「皮皮影子劇團」的青年們，自備交通工具和道具，全心全力地演給小朋友看，小觀衆津津有味的表情，是他們最大的收穫。

本報記者嵇若昕

洪建全圖書館 教小朋友做皮影戲

劉宗銘老師教小朋友製作皮影戲偶。（本報記者吳顯光攝）

【本報訊】劉宗銘老師昨天上午，在洪建全基金會視聽圖書館，教小朋友自己做皮影戲偶，彩色的小鳥飛來飛去，小朋友都玩兒的好開心。

劉老師先解釋皮影戲製做的方法，然後把小鳥的頭、身體、翅膀和腳都分開畫在紙上，又畫上美麗的花紋，再貼上紅紅綠綠的玻璃紙，最後用線把各部分，串連在一塊兒，一隻會飛的小鳥就做好了。

自己做好皮影戲偶以後，還可以編故事演給朋友或爸爸、媽媽看，小朋友，你也來試試看吧！

▶敖幼祥叔叔現場表演畫出「可樂星球」卡通人物，頑皮狗皮皮、小笨龜、年大王。

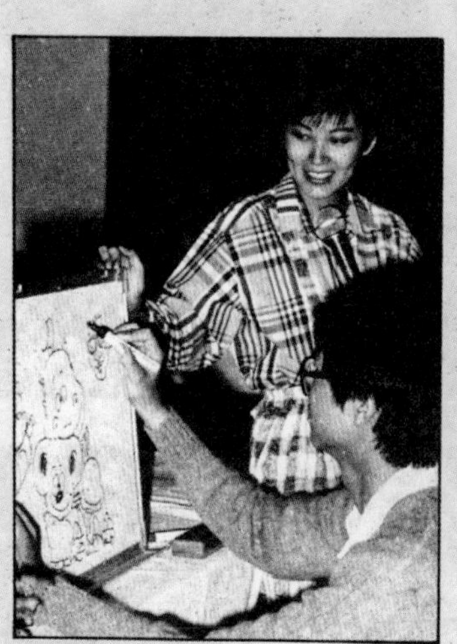

▶「可樂星球」作者敖幼祥叔叔，接受主持人 鄺小萍姊姊訪問。

漫畫「可樂星球」中的主要人物羅八德、小笨龜、年大王和超級狗皮皮。

・翻譯「各種運動起源」的揚歌叔叔，在接受鄺姊姊訪問時表示，他從小就喜歡運動，希望把各種運動的有趣故事，介紹給大家，希望小朋友會喜歡。

・撰寫「大陸傳真」的蒲叔華叔叔，向小朋友介紹大陸的廣大的河山，擁有眾多的人口，人文環境也和台灣不一樣，並有許多稀奇古怪的事；「大陸傳真」將陸續告訴小朋友大陸所發生的事。

▲小朋友快樂玩耍「頭頂功夫」的遊戲。

▶劉宗銘叔叔表演逗趣的小丑默劇，生動有趣，逗得大家哈哈大笑。

・「曉東阿姨好！」譯寫廣受喜愛的「牀邊故事」的楊曉東阿姨，受到小朋友熱烈的歡迎。小朋友希望楊阿姨以後能翻譯更多的童話故事，像科幻、神話、推理、恐怖、爆笑等題材。看樣子，曉東阿姨有得忙了！

・「地球上哪種動物最多？」「哪種動物跑得最快？」「鴕鳥蛋有多重？」熱線QQQ機智問答節目，大家紛紛舉手搶答，場面熱烈，許多小朋友都滿載而歸。

・主持人鄺小萍姊姊教唱「不洗澡的跳蚤」，民族國小的沈宏小朋友，上台帶領大家一起做動作，活潑有趣。

・滿月聯歡會的活動，「華視新聞雜誌」節目還特別到現場做錄影採訪，報導活動熱鬧的情形。

70

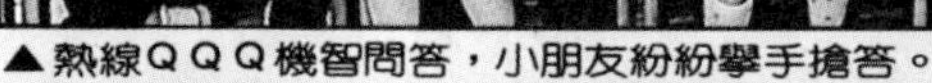
▲熱線QQQ機智問答，小朋友紛紛舉手搶答。

▲劉宗銘叔叔和小朋友一起表演默劇「和大象林旺爺爺拔河」，活潑生動。

活動廣場

民生兒童天地週刊 滿月聯歡會花絮

文：嚴思祺　圖：鍾豐榮

十一月一日，民生「兒童天地」週刊邀請數十位國內兒童文學工作者、插畫家及一百二十多個小讀者，在聯合報大樓九樓大禮堂，熱烈慶祝週刊的滿月聯歡會，共同歡度這個值得慶賀的日子。

•民生報及「兒童天地」週刊發行人王效蘭女士，特別到聯歡會現場，慶賀「兒童天地」週刊滿月之喜，對工作同仁表示嘉勉，並與週刊同仁合影留念。

•滿月聯歡會由「兒童天地」電視節目主持人鄺小萍姊姊主持。「兒童天地」週刊總編輯桂文亞阿姨，首先致歡迎詞，希望大朋友及小朋友都能玩得愉快。

•畫「機器人」的劉興欽叔叔，擁有一百三十七種發明專利，他以「到朋友家吃飯」以及「老牛過橋」的機智故事，鼓勵小朋友多思考，發明新東西。

劉叔叔並且現場畫出家喻戶曉的機器人、大嬸婆等漫畫人物。

•插畫家劉宗銘叔叔表演逗趣的小丑默劇，表情生動富變化，動作滑稽有趣，逗得大家哈哈大笑。

其中有一段表演是「和大象林旺爺爺拔河」，小朋友看到劉叔叔和假想的林旺拔得很吃力，紛紛上台幫忙，大家團結一致，力量集中，終於贏得勝利。

•最受小朋友歡迎的敖幼祥叔叔，現場畫出廣受喜愛的

◀劉興欽叔叔現場示範畫出機器人、阿金及大嬸婆，小朋友爭相目睹。

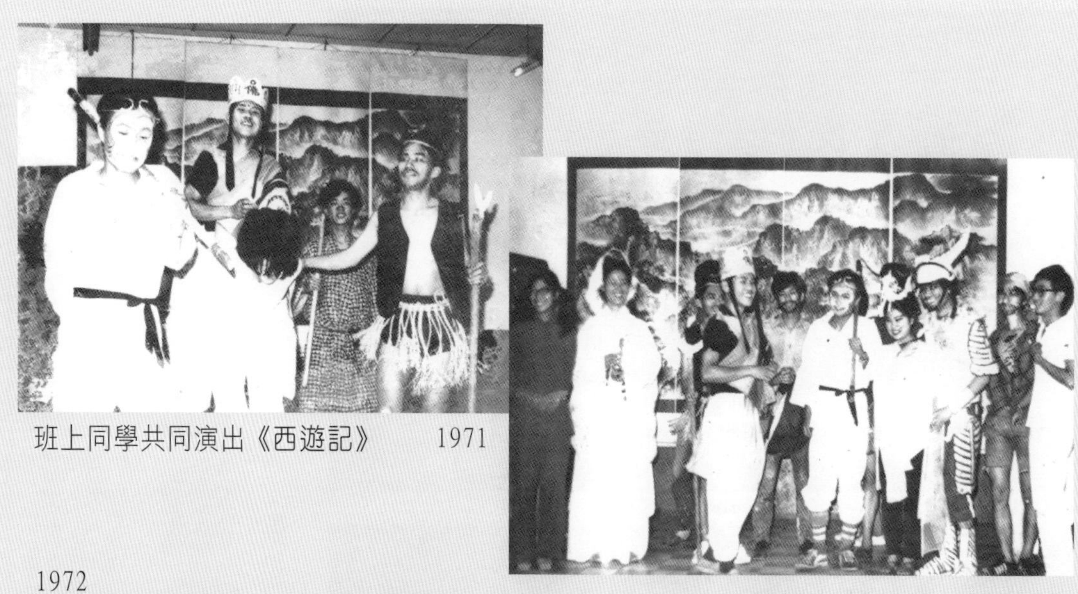

班上同學共同演出《西遊記》 1971

1972

國立臺灣藝專第三屆雕塑科同學會 賀

旅行拼圖

中華民國駐史瓦濟蘭王國技術團
TECHNICAL MISSION

TRUMP
BALLY'S
96 7 17

2007.7.31.

90 12 10

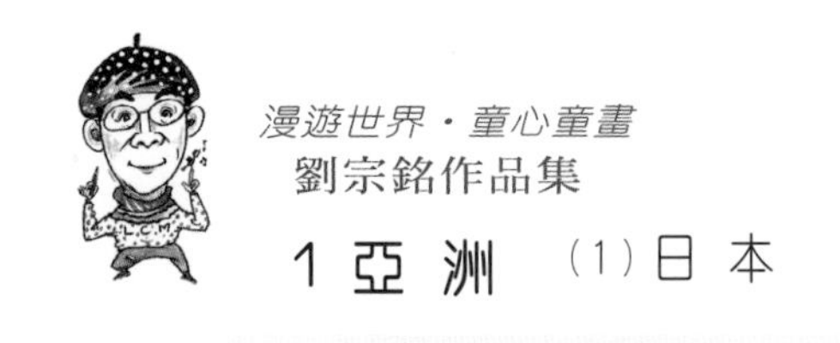

多看・多想・多畫

劉宗銘　旅遊記實

回想1980年6月首次出國時，臺灣還是外匯管制和戒嚴的時期，得在公司行號掛名業務經理，做商業考察的理由，才得以出境。

首航義大利羅馬、梵蒂岡，見識到過去看電影、畫冊和研習藝術時，所看到的背景和歷史真實的面貌。深刻感受之餘，開始個人日後海濶天空、周遊列國的見學之旅。

過去，人們只能靠步行或利用馬車、牛車、駱駝、熱氣球、汽車、火車、輪船等交通工具漂洋過海，往返各地旅行是費時、辛苦又危險的事。現今，大家能夠搭乘日新月異的高鐵、飛機，自由往返各個國家，欣賞美麗又奧妙的地球，實在是值得慶幸與幸福的年代。

做為一個文化、藝術的工作者，能將個人旅遊的興趣，借用漫畫的筆觸，繪作《環遊世界五大洲》，借用文字、照片、速寫，出版《旅行拼圖》，呈現人文、知識、趣味及想像的情境記錄，分享給大、小朋友，的確是非常快樂的工作。

我會繼續「多看．多想．多畫」，因為這美麗的藍色星球，處處令人驚嘆呀！

'2000.8. 小樽
咖啡店
こだき
P
こだき
P

'88.11.28.加德滿都

'88.11.29.

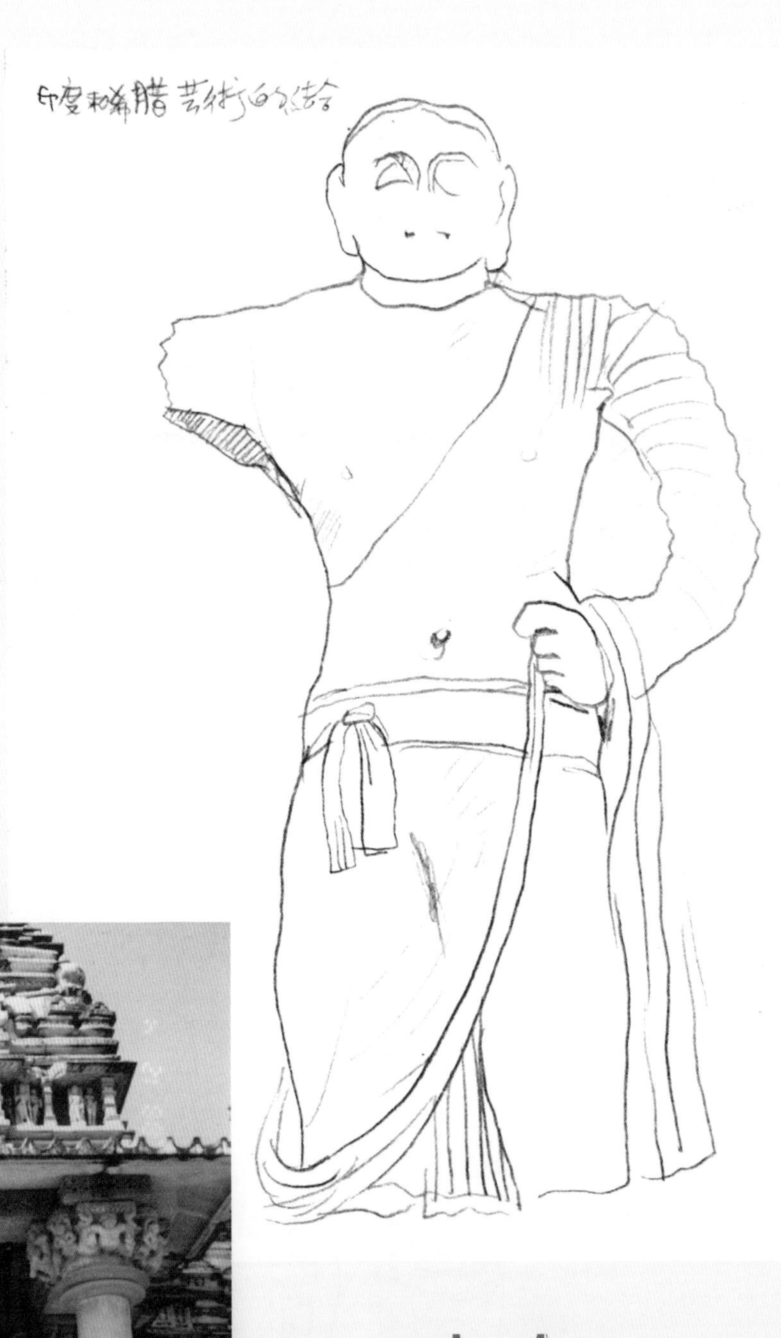

印度和希腊艺術的結合

2015

(3)泰國 越南

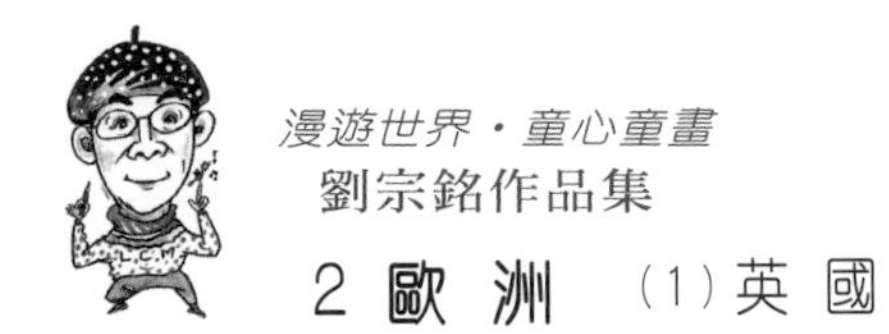

2013.9.10.由愛丁堡往約克火車上
Liou 宗銘

2001.6.8.
唐.喬凡尼/魔笛/波卡舞曲...
奧地利 夜之
音樂會

(3)捷克

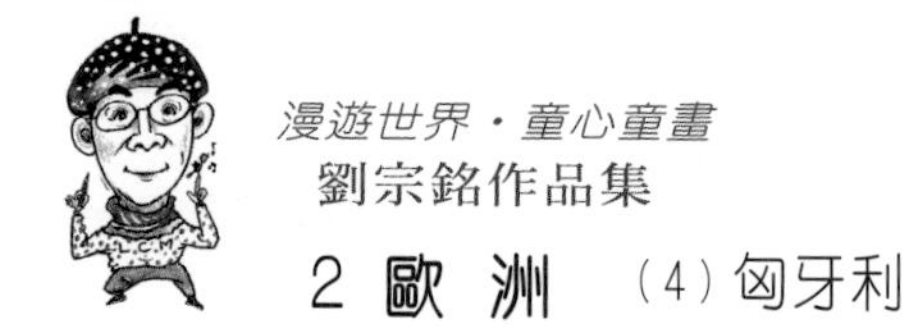

ANTIQUITIES

2001.6.10
布達佩斯
聖坦德藝術村
場邊一景。Liou

TRUE LOVE
DENIM
UPDATE
CHIC WAYS
TO SURVIVE
SUMMER
BOYS, BOOKS AND BLONDIE

(6)丹 麥

(7)冰 島

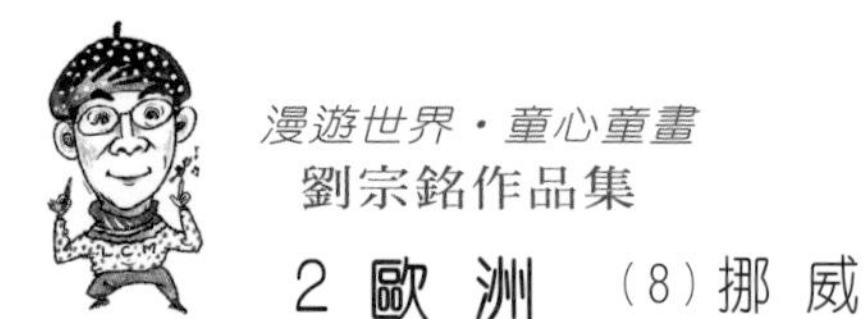

North Cape
71°10'21"N
This certifies that
Liou Tzong Ming
on a journey in the land of the Midnight Sun, visited
the North Cape today, Europe's northernmost point.
NORDKAPP
23 JUL 2015
N. LAT. 71°10'21"
FOTO: WWW.SHUTTERSTOCK.COM

Liou / NOWAY. 2015.7.27. 松恩峽灣

(9) 瑞 典

(10) 梵諦岡

（11）義大利

1994.8.7.金門大橋.

Hawaii
1994

愛迪生昔日家宅.
'96.7.26. 參觀速寫
Liou

KINGSLAND ST
482
Liou '94. 美東

2009.03.25

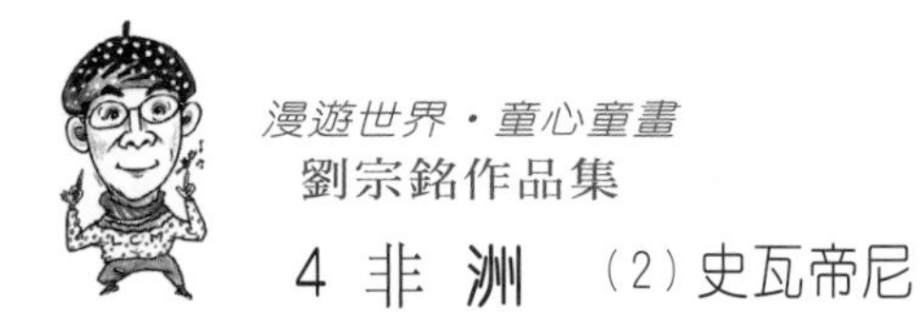

2004.7.12.
史瓦濟 北方山頂

5 大洋洲 (1)澳大利亞

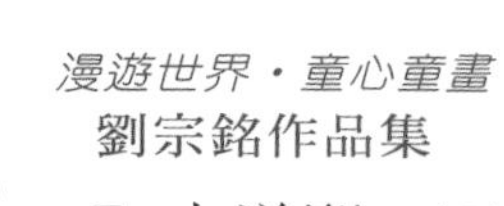

1988.6.6.
北島
hydro electric
dams
Waikato
River
紐西蘭

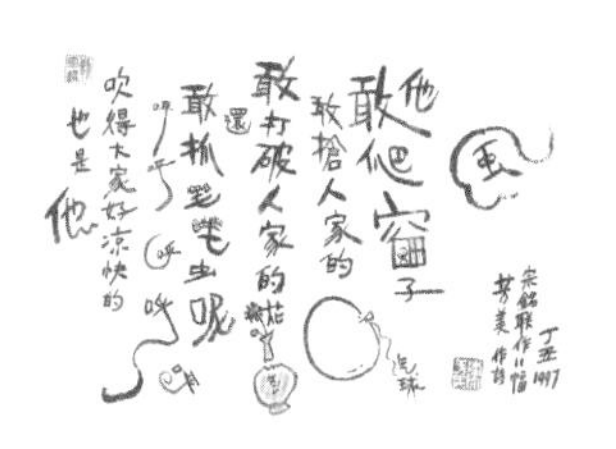

其他

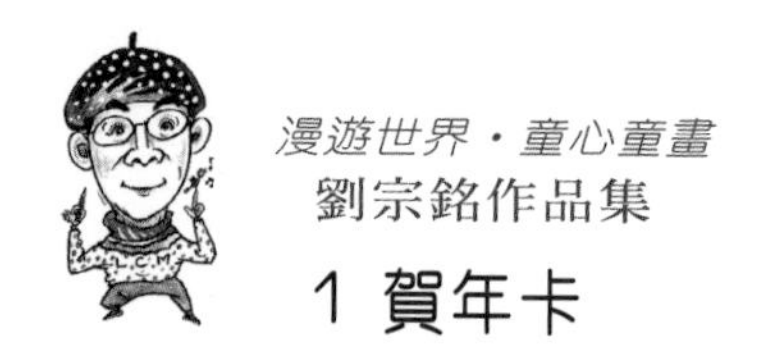

劉宗銘 繪製

文瓊兄：
2013 萬事如意
弟 宗銘.芳美 敬賀
Liou 2012.12.

新年平安
2014
劉宗銘賀年
2014.2.

新年好
2014
大吉大利
陳芳美.劉宗銘賀年
2014.2.

Liou Tzong Ming
美
2015. Liou
吉羊

洪文瓊 兄嫂：
2016
新年如意：
宋銘.芳美
賀年

幻想曲
年
Liou宗銘 2015.12.21.

Liou宗銘 賀年

2017
Liou

祝 2017 吉事連連
中華民國兒童文學學會
Liou宋鉫. 芳美 賀年
2016.12.31.

2017
新年快樂!
2016.12. Liou宋鉫.

賀年……
中華民國兒童文學學會
Liou宗銘. 2017.12.
春
福
2018
吉
平安
宗銘.芳
賀年
2018
Liou宗銘

2019
恭賀新年
招財
平安
進寶
士林站

2019 幸福の年!
春
2018.12.24.
Liou
劉宗銘.陳芳美.

2019.
夢想成真....
平安.快樂
劉宗銘
陳芳美/賀年

2021 HAPPY
2020.10. Liou Tzong Ming
LIOU

2 卡帶、唱片包裝

唐吉訶德
遠征記
愛韻
唐吉訶德遠征記
開心舞台
1
發現者号

浮光掠影

重回伊甸園

民族樂手
陳達 和他的歌
史惟亮 編著
HFEC
洪建全教育文化基金會 出版

3 標誌、獎狀

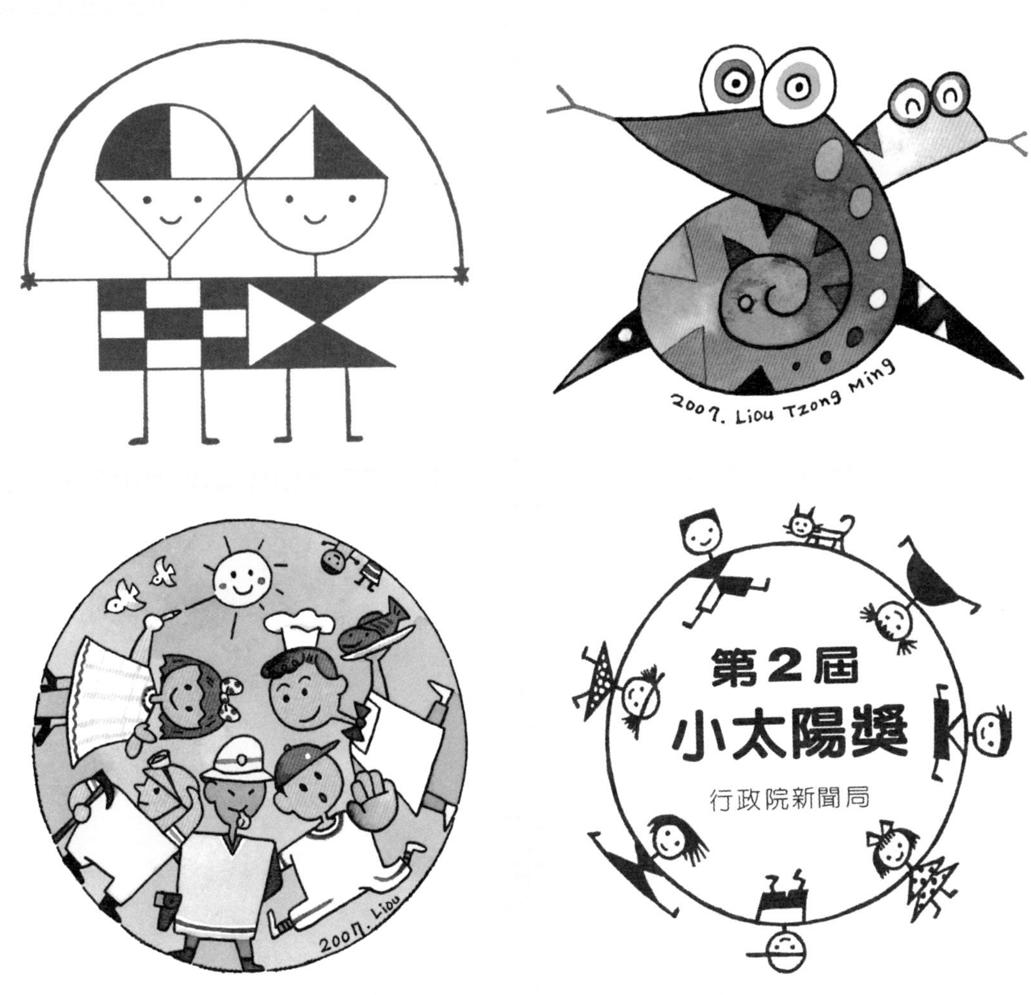

獎狀

小朋友參加本報比賽

成績優異評審列爲

特頒獎狀做爲鼓勵

兒童日報社

董事長林春輝

中華民國　年　月　日

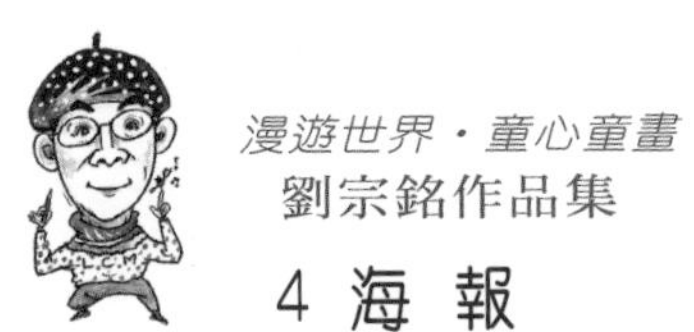

中元祭
飲料零食・調理素材
優質米糧・安心畜產
主婦嚴選好物
健康安心・一次購足
8/25 普渡眾生
9/8 歡送好兄弟

5 自畫像

劉宗銘

Liou宗銘
2014.2.7.

2014.2.7. Liou宗銘
自畫像. 65歲.

LCM
2017

歡聲滿庭園
劉宗銘 畫・寫・編

好童軍
劉宗銘 畫・寫・編

萬能鳥ㄅㄧㄅㄧ
劉宗銘 畫・寫・編

畫圖指導
劉宗銘 畫・寫・編

著作書目

宇宙特攻隊
劉宗銘 畫・寫・編

飛碟來了

快樂的假期

哈樂妙事多

大肚蛙遊記
編繪／劉宗銘

快樂森林
劉宗銘 編繪

話 看漫畫學語文
畫・劉宗銘

形形色色
總是美
劉宗銘・編繪

漫畫版
環遊世界五大洲
劉宗銘

妙朋友
中華兒童叢書

我是黑彩龍

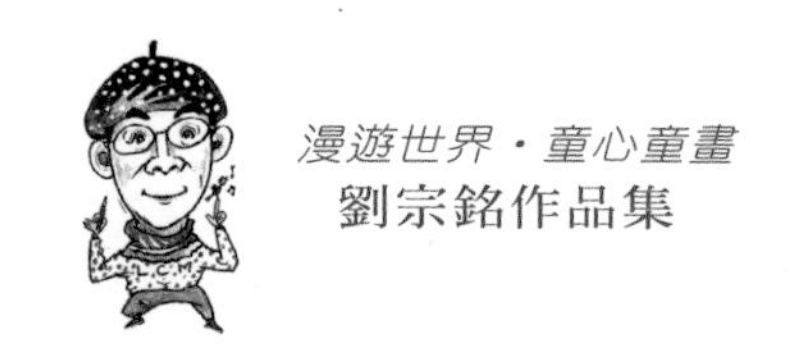

一、自寫自畫

書　名	類　別	出版社	出版年
妹妹在那裡	圖畫書	書評書目出版社	1975.04
我是黑彩龍	童　話	光啟出版社	1977.04
畫圖指導	插圖教材	樹人出版社	1981.09
歡聲滿庭園	漫　畫	樹人出版社	1981.09
好童軍	漫　畫	樹人出版社	1981.09
宇宙特攻隊	漫　畫	樹人出版社	1981.09
萬能鳥比比	圖畫書	樹人出版社	1981.09
快快慢慢	童　話	聯經出版公司	1982.07
傻猴看門	童　話	聯經出版公司	1982.07
快快慢慢動手做	幼兒美勞教材	聯經出版公司	1983.02
快快慢慢大探險	幼兒美勞教材	聯經出版公司	1983.02
快快慢慢猜朋友	幼兒美勞教材	聯經出版公司	1983.02
快快慢慢愛比賽	圖畫故事	聯經出版公司	1983.02
快快慢慢大請客	圖畫故事	聯經出版公司	1983.02
大家一起來學漫畫	漫畫教室	海風出版社	1984.04
妙朋友	漫　畫	台灣省政府教育廳	1984.09
好朋友一起走	圖畫書	信誼基金出版社	1985.07
飛碟來了	漫　畫	台灣省政府教育廳	1985.09
創意遊戲畫冊2	幼兒美勞教材	信誼基金出版社	1985.12
創意遊戲畫冊4	幼兒美勞教材	信誼基金出版社	1985.12
彩虹貓	圖畫書	親親文化公司	1986.06
快快慢慢遊基隆	漫　畫	基隆市政府	1986.06
愛心傘	漫　畫	台灣省政府教育廳	1986.12
哈樂	漫　畫	聯經出版公司	1987.01
妙兄弟	漫　畫	聯經出版公司	1987.01
神奇果樹	漫　畫	兒童的雜誌第6期	1987.03
創意遊戲畫冊3	幼兒美勞教材	信誼基金出版社	1987.05
動動腦（幼兒中班）	幼兒美勞教材	信誼基金出版社	1987.05
動動腦（幼兒大班）	幼兒美勞教材	信誼基金出版社	1987.05
認知剪貼1	幼兒美勞教材	親親文化公司	1987.06
創意發展畫冊1	幼兒美勞教材	親親文化公司	1987.07
創意發展畫冊2	幼兒美勞教材	親親文化公司	1987.07
創意發展畫冊3	幼兒美勞教材	親親文化公司	1987.12
創意發展畫冊4	幼兒美勞教材	親親文化公司	1987.12
頑皮貓	漫　畫	台灣省政府教育廳	1987.02
千心鳥	圖畫書	東華書局	1989.04
烏龜船	圖畫書	東華書局	1989.04

大風吹	圖畫書	東華書局	1989.04
蓋房子	圖畫書	東華書局	1989.04
創意畫冊	幼兒美勞教材	信誼基金出版社	1989.05
我愛小點點	圖畫書	親親文化公司	1989.10
釣上大東西	圖畫書	親親文化公司	1989.10
我有新玩具	圖畫書	親親文化公司	1989.10
我會畫房子	圖畫書	親親文化公司	1989.10
大樹	圖畫書	信誼基金出版社	1990.02
大肚蛙遊記	漫 畫	臺灣省政府教育廳	1991.04
當我們同在一起	漫 畫	臺灣省政府教育廳	1991.04
大肚蛙歷險記	漫 畫	聯經出版公司	1992.05
快樂森林	漫 畫	台灣省政府教育廳	1992.10
快樂的假期	漫 畫	正中書局	1993.09
大個子的新禮物	漫 畫	台灣省政府教育廳	1993.10
妙偵探	漫 畫	台灣省政府教育廳	1994.04
哈樂妙事多	漫 畫	國語日報出版社	1994.05
快快妙事多	漫 畫	台灣省政府教育廳	1995.10
慢慢的新衣	漫 畫	台灣省政府教育廳	1996.04
小福和大牙	漫 畫	台灣省政府教育廳	1997.04
阿皮的夢想	漫 畫	台灣省政府教育廳	1997.10
頑皮貓大牙①	漫 畫	青文出版社	1997.12
頑皮貓大牙②	漫 畫	青文出版社	1997.12
妙搭檔	漫 畫	青文出版社	1997.12
歡樂朋友	漫 畫	青文出版社	1998.09
迷糊偵探	漫 畫	青文出版社	1998.10
飛上天	漫 畫	教育部讀物資管會	1999.12
糊塗熊的一天	故 事	兒童的雜誌	2002.06
顽皮貓大牙(1)(2)(3)	漫画(简体字版)	北方婦女儿童出版社	2005.09
形形色色．總是美	漫 畫	國立編譯館	2008.06
娃娃愛畫畫	幼兒美勞教材	小魯文化事業公司	2009.03
藍色星球．驚嘆號	漫 畫	國立編譯館	2010.06
奇奇肚子餓	圖畫書(電子書)	義美聯電	2012.01
長大後，你想做什麼？	圖畫書	聯經出版公司	2012.06
長大后，你想做什么？	图画书(简体字版)	云南出版集團公司 云南人民出版社	2013.10
20個台灣藝術家的故事	漫 畫(傳記) 原《形形色色．總是美》增訂版	玉山社出版公司	2013.12
環遊世界五大洲	漫 畫 原《藍色星球．驚嘆號》增訂版	玉山社出版公司	2015.04
比一比，誰最大？	圖畫書(台灣麥克)	維京國際出版公司	2015.06

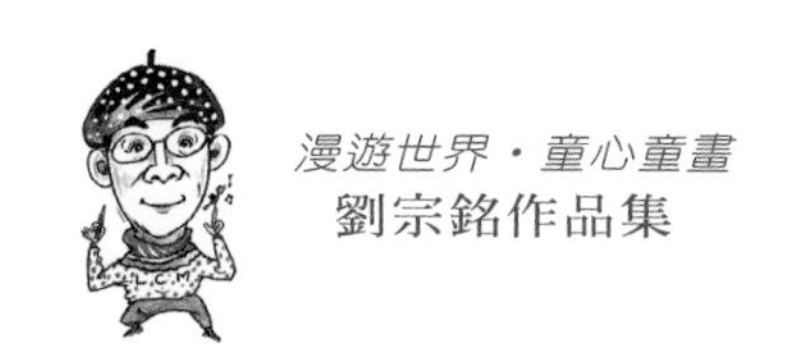

旅行拼圖	遊　記	幼獅文化出版	2017.07
漫遊世界・童心童畫 劉宗銘作品集	紀念畫冊	中華民國兒童文學學會（策劃主編：洪文瓊 執行編輯：藍孟祥）	2021.01

二、和他人共作

書　名	類　別	共作作者	出 版 社	出版年
稻草人卡卡	圖畫書	圖－蔡思益（曹俊彥）	台灣省政府教育廳	1971.12
妹妹的紅雨鞋	兒童詩	文－林煥彰	純文學出版社	1976.12
爸爸的冒險	童話	文－林鍾隆	同崢出版社	1976.12
飛向藍天	少年小說	文－曾妙容	書評書目出版社	1977.04
龍愛扮家家酒	童話	文－徐紹林	漢京出版社	1979.12
宇宙遊俠	科幻小說	文－蔣曉雲	王子出版社	1980.03
小天鵝	寓言故事	譯作－楊真砂	樹人出版社	1981.02
機智的蟬	寓言故事	譯作－楊真砂	樹人出版社	1981.02
紅臉的公雞	童話	文－徐紹林	樹人出版社	1981.02
叢林的少年	少年小說	改寫－徐紹林	樹人出版社	1981.02
醜女變美女	文學故事	改寫－許義宗	樹人出版社	1981.02
世界珍聞	科學故事	文－黃郁文	樹人出版社	1981.11
惟惟的故事	文學故事	文－林世敏	慈恩出版社	1982.01
遲疑的老鼠	寓言故事	文－陳芳美	華鼎出版社	1982.03
最美的電影	兒童詩	文－陳芳美	成文出版社	1982.05
村女之歌	少年小說	文－龔湘萍	成文出版社	1982.05
洞洞洞不漏水	科學故事	文－陳慶飛	聯經出版公司	1982.07
變變變避危險	科學故事	文－陳慶飛	聯經出版公司	1982.07
生日快樂	科學故事	文－陳慶飛	聯經出版公司	1982.07
四季飄香百花城	科學故事	文－陳慶飛	聯經出版公司	1982.07
愛童話的男孩 載於《中國智慧的薪傳》第2冊	散文	圖－劉開盛	書評書目出版社	1983.05
語文遊戲	兒童語文	文－林武憲	親親文化公司	1984.10
兒童基礎英語	英文教材	文－佳音中心	佳育出版社	1984.12
兒童英語歌謠集	英文教材	文－佳音中心	佳育出版社	1984.12
兒童英語對話集	英文教材	文－佳音中心	佳育出版社	1984.12
地心歷險記	文學故事	文－張寧靜	九歌出版社	1985.03
愛護我們的地球	生態故事	文－周奇勳	台灣省政府教育廳	1985.04
奇妙的舍利子	文學故事	文－林世敏	慈恩出版社	1985.06
KK音標	英文教材	文－黃玉珮	佳育出版社	1985.07
風箏	文學故事	文－朱秀芳	九歌出版社	1986.02
奇奇歷險記	文學故事	文－應平書	九歌出版社	1987.02

林海音童話集(之一)	童話	文－林海音	純文學出版社	1987.06
小紅馬	少年小說	編譯－何凡	純文學出版社	1988.04
小壞蛋波波	少年小說	編譯－夏烈	純文學出版社	1988.04
涼風山莊	少年小說	編譯－琦君	純文學出版社	1988.04
一起吃早餐	圖畫書	文－陳芳美	光復書局	1990.12
生日大餐	圖畫書	文－蘇振明	光復書局	1991.01
英語小天地	英文教材	文－吳秋絹	幼獅文化事業公司	1991.04
怪盜亞森·羅蘋	偵探小說	改寫－尤美松	長鴻出版社	1992.01
神偷傳奇	偵探小說	改寫－唐琮	長鴻出版社	1992.01
虎牙	偵探小說	改寫－唐琮	長鴻出版社	1992.01
雙屋案	偵探小說	改寫－邱麗娃	長鴻出版社	1992.01
奇巖城	偵探小說	改寫－王蘭	長鴻出版社	1992.01
8·1·3之謎	偵探小說	改寫－王蘭	長鴻出版社	1992.01
金字塔的秘密	偵探小說	改寫－廖明進	長鴻出版社	1992.01
古堡疑案	偵探小說	改寫－郭麗麗	長鴻出版社	1992.01
神秘的紅圈	偵探小說	改寫－葉俊傑	長鴻出版社	1992.01
棺材島	偵探小說	改寫－郭姿秀	長鴻出版社	1992.01
黃金三角	偵探小說	改寫－江慧君	長鴻出版社	1992.01
玻璃瓶塞之謎	偵探小說	改寫－李曄	長鴻出版社	1992.01
七個謎案	偵探小說	改寫－郭麗麗	長鴻出版社	1992.01
寶石魔女	偵探小說	改寫－林淑玟	長鴻出版社	1992.01
新農具	圖畫書	文－林良	行政院農業委員會	1995.06
妹妹的紅雨鞋	兒童詩	文－林煥彰	富春文化公司(1976原由純文學出版，此為中英文對照再版)	1999.01
花生象日記	漫畫	文－陳芳美	富春文化公司	1999.04
花生象遊記	漫畫	文－陳芳美	富春文化公司	1999.04
畫VS話－看漫畫學語文	兒童詩	文－陳芳美	富春文化公司	1999.04
倍頭力易記英文①-⑩十冊	英文教材	文－楊武昌	源久企業公司	2001.07
糊塗熊的一天	故事	文－謝明芳	兒童的雜誌6月號	2002.06
倍頭力易記英文⑪-⑳十冊	英文教材	文－楊武昌	源久企業公司	2004.09
百獸鬧天關	故事	文－簡單	十二生肖文化出版社	2006.08
數字成語故事	故事	編著－周佩穎	小魯文化事業公司	2009.04
看笑話．學語文	語文	編著－謝武彰	小魯文化事業公司	2010.09
小泥團	童話	文－林立(林玉敏)	中華民國兒童文學學會	2012.04
野菊花和地藏王菩薩	現代寓言與台灣諺語故事	文－林立(林玉敏)	中華民國兒童文學學會	2012.04
香噴噴大道	童話	文－花格子	四也出版公司	2017.04

中華漫畫家協會
Chinese Cartoonists Union

當選證書

會員 劉宗銘 君

經會員大會改選理監事
當選為第三屆----常務理事
任期：自2007年1月13日起
至2010年1月13日止

理事長 王朋坪（王平）

西元2007年1月23日

洪建全兒童文學創作獎

獎狀

劉宗銘先生的作品「妹妹在那裡妹妹」參加本會第一屆兒童文學創作獎圖畫故事組經評審結果得到第一名獎特別發給獎狀作為紀念

財團法人洪建全教育文化基金會
董事長

中華民國六十四年元月卅一日

國立臺灣藝術大學
National Taiwan University of Arts

聘書

茲敦聘
劉宗銘老師為本校多媒體動畫藝術學系兼任助理教授級專業技術人
聘期自中華民國96年8月1日起至97年7月31日止
並訂定聘約如後

校長 黃光男

中華民國 玖拾陸 年 捌 月 壹 日

NO 24

第1期

修了証書

劉宗銘

上記講座の課程を修了したことを証します。

84年9月30日

JJC

日本ジャーナリストセンター

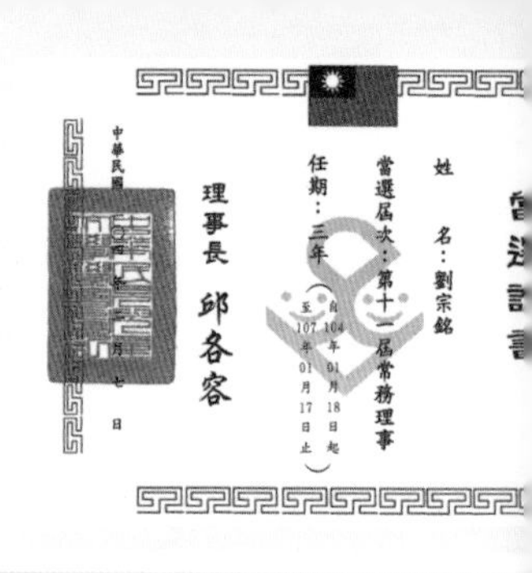

當選證書

姓名：劉宗銘
當選屆次：第十一屆常務理事
任期：三年（自104年01月18日起至107年01月17日止）

理事長 邱各容

中華民國 年 月 七 日

年表

年　代	紀　　　事
1950.01.21	出生於臺灣省南投縣埔里鎮。
1954.06－1956.06	就讀南投縣埔里鎮信愛幼稚園。
1956.09－1962.06	就讀南投縣立埔里國小。
1962.09－1965.06	南投縣立埔里初中畢業。
1965.09－1966.01	就讀南投縣立草屯高商一年級。（上學期）
1966.03－1966.06	轉學南投縣立埔里高中一年級。（下學期，讀完休學）
1966.10－1967.06	就讀臺中私立僑光商專會計科。（就讀完一年整，休學）
1967.07－1967.08	北上赴劉興欽家當助理，研修一個月。
1967.09－1968.06	就讀南投縣立埔里高中二年級。（復學）
1968.09－1969.06	臺灣省立埔里高中第一屆畢業。（省辦高中）
1969.10－1972.06	就讀國立臺灣藝術專科學校雕塑科。
1970	漫畫作品「鐳的發現」，獲教育部社教司連環漫畫比賽首獎。（臺灣新生報 兒童版連載）
1971	漫畫作品「歡聲滿庭園」，獲教育部社教司連環漫畫比賽入選獎。（小讀者月刊 連載）
1972.06	國立臺灣藝專雕塑科第三屆畢業巡迴展／臺北、臺中、臺南、高雄。
1974.08	退役。 做過兒童玩具塑造、廣告CF及兒童畫教學，在林懷民現代舞教室習舞。 在光啟社見習（認識洪義男、蔡志忠）／為報紙、雜誌畫插圖、漫畫。
1975.01	圖畫書《妹妹在那裡》獲第一屆洪建全兒童文學創作首獎。
1976.01	童話故事《我是黑彩龍》獲第二屆洪建全兒童文學創作佳作獎。
1976.03－1978.05	於洪建全教育文化基金會「書評書目」及視聽圖書館兒童組擔任美術設計、編輯、行政工作。
1978.06－1980.02	主編「小樹苗月刊」／1977年童詩作家陳芳美創刊。
1978.08	應邀「婦女雜誌」午餐會，主講「兒童藝術與圖書」。
1979.01	和陳芳美結婚，為兒童美育、圖書發展工作。
1979.12	華視「今天」節目訪談兒童圖書。
1980.12	參加施合鄭民俗文化基金會皮影藝術研習會
1981.01	編導皮影戲「烏龜號特快車」於臺北耕莘文教院、國立臺灣藝術館公演。
1981.08	慈恩兒童文學第一屆研習營主講「插畫的基本認識」／臺東大武鄉金龍山紫雲寺。

1982.04.01－07	劉宗銘漫畫展／臺北來來藝廊。
1982.04.04	主講「漫畫與插畫漫談」／國立中央圖書館臺灣分館及兒童圖書與教育雜誌社合辦講座。
1984.04－1984.09	前往日本東京兒童教育專門學校繪本科研修。
1985.04 04.02－09 04.13－18 05.01－07	參加85兒童圖畫書八人原作展／鄭明進、趙國宗、曹俊彥、洪義男、張正成、劉宗銘、董大山、劉開。 （臺北華岡博物館展出） （臺北師大藝術畫廊展出） （省立臺中圖書館展出）
1985.08	慈恩兒童文學第五屆研習營「兒童圖書插畫」，創作經驗談／屏東佳冬念佛會。
1986.08	參與「魔奇兒童劇團」巡迴公演〝魔奇夢幻王國〞小丑等角色。
1986.11	任統一企業公司「第一屆兒童創作繪畫比賽」評審。
1986.12.21 －12.28	參加中華民國兒童文學學會第一屆會員插畫原作展。 ／高雄中正文化中心。
1987.11 1987.11.29 －12.06	民生報「新春小讀者聯歡會」表演默劇 參加中華民國兒童文學學會第二屆會員插畫原作展 ／國立中央圖書館臺灣分館。
1988.01－1991.01 1988.02－1988.12	任中華民國兒童文學學會第二屆理事。 任會訊四卷1-6期主編。
1988.07.08－24	參加詩畫童心－插畫家與文學家聯展義賣會／ 臺北春之藝廊。
1989.03	任77年度「優良兒童圖書金龍獎」評審。
1989.05.16	漫畫作品《智助妙妙村》，獲國立編譯館上半年度連環圖畫獎第三名。
1989－	圖畫書《千心鳥》、漫畫作品《智助妙妙村》、漫畫作品《小福、大福》，獲鄭彥棻文教基金會第二屆中華兒童文學創作美術類金龍獎。
1989.07	任苗栗縣政府78年度兒童文學創作研習營講師。 「九歌兒童劇團」公演〝頑皮大笨貓〞／原著《千心鳥》改編。
1989.08	參加「兒童戲劇在當代社會中的角色」座談會／知心藝術生活廣場。
1989.11	漫畫作品《小福、大福》，獲國立編譯館下半年度連環圖畫獎第四名。 任78年度「優良兒童圖書金龍獎」評審。
1990.05	漫畫作品《花生象日記》，獲國立編譯館上半年度連環圖畫獎第三名。 任民生報舉辦「母親的畫像繪畫比賽」評審。 任群策行銷發展服務公司舉辦「我愛綠色大地繪畫比賽」評審。 行政院農業委員會舉辦「發展休閒農業繪畫比賽」評審。

1990.10	任第三屆「中華兒童文學獎美術類獎」評審。
1990.11	任79年度「優良兒童圖書金龍獎」評審。
1990.12－1993.12	任中華民國兒童文學學會第三屆理事。
1991.06	漫畫作品《哈樂妙事多》，獲國立編譯館上半年度連環圖畫獎第三名。 應邀參加行政院新聞局舉辦「國內知名漫畫家馬祖訪問團」。
1991.10	任第十八屆「洪建全兒童文學獎圖畫故事組」評審。
1991.11	任東立出版社舉辦「第二屆少年快報新人獎」暨「第一屆少女漫畫新人賞」評審。
1992.02	應邀參加行政院文建會暨中華文化復興運動總會舉辦之「新春文薈」。
1992.03	任中華民國公共電視臺籌備委員會兒童動畫節目諮詢顧問。
1992.04	漫畫作品《阿皮、土蛋、妙朋友》，獲國立編譯館連環圖畫榮譽獎。
1992.09－2004.08	任臺寧幼稚園專任美育教師。
1992.09－2009.06	任救世軍幼稚園（1998改名愛樂幼稚園）專任美術教師。
1992.11	任臺灣英文雜誌公司舉辦「彩繪暑假生活日記比賽」評審。
1993.03	任臺北市華南扶輪社舉辦「我家門前有條河--彩繪河川比賽」評審。
1993.04	應邀於太平洋崇光百貨文化會館演講「圖畫書的想像空間」。
1993.06	任中華文化復興運動總會舉辦「兒童電視年--畫（寫）我電視活動比賽」評審。 漫畫作品《大肚蛙歷險記》，獲國立編譯館年度連環圖畫獎第三名。
1993.10	任第六屆「中華兒童文學獎美術類獎」評審。
1993.12－1996.12	任中華民國兒童文學學會第四屆理事。
1994.04.30	參加94臺灣環境保護聯盟藝術品義賣會／臺北市議會友誼廳。
1994.06	參加「家庭生活與兒童戲劇」座談會／九歌兒童劇團．中國時報。
1994.07	任臺北大葉高島屋舉辦「父親節兒童畫比賽」評審。
1994.10	任第七屆「中華兒童文學獎美術類獎」評審。
1994.11.12—21	參加國立臺灣藝專雕塑科校友會94聯展／臺北霍克藝術會館。
1995.03.11－26	參加人權海報大展／臺北市立美術館聯展。
1995.04.01－26	舉辦劉宗銘心空之旅彩瓷、繪畫製作展／臺北快雪堂藝術公司。
1995.08.12－23	參加趙國宗、林耀堂、劉宗銘彩瓷三人展／臺北福華沙龍。

1996.03	任行政院新聞局「第十四屆中小學優良課外讀物推介評選活動」漫畫類評審。 任第八屆中華兒童文學獎美術類評審。
1996.05	任行政院新聞局「小太陽」獎評審。 任兒童燙傷基金會「快樂的一天—媽媽與親子彩繪活動」評審。
1996.07	任中華民國心臟病兒童基金會「快樂的一天--兒童畫比賽」評審。
1996.12	臺灣省立美術館演講「兒童漫畫創作30年之我見」。
1997.03 1997.03.29 －04.16	任行政院新聞局「第十五屆中小學優良課外讀物推介評選活動」漫畫類評審。 舉辦劉宗銘童畫藝術30年展／臺北快雪堂藝術公司。
1997.05	任行政院衛生署「為了自己、遠離毒品」漫畫比賽評審。 任臺北市華南扶輪社舉辦「與二十一世紀有約」全國徵畫活動評審。
1997.06	任臺北市立圖書館民生分館「詩中有畫、畫中有詩」小朋友繪畫比賽評審。
1997.08	陶瓷畫「永恆的愛」獲第一屆Soho！全球華人藝術獎章。 行政院新聞局專題演講「輕鬆自在看．畫漫畫」。
1998.02	任臺北二二八紀念館「詩與畫的和平對話」徵選活動評審。
1998.04	任臺新銀行「我家也有畢卡索」兒童畫活動評審。
1999.03	任行政院新聞局「第十七屆中小學優良課外讀物推介評選活動」漫畫類評審。
1999.04.02－11	舉辦兒童漫畫想像的天空－劉宗銘、陳芳美詩畫展／臺北市立圖書館中崙分館。
2000.04	任臺北市行天宮圖書館社教中心漫畫班指導老師。
2000.05	任民生報舉辦福特汽車繪畫比賽評審。
2000.07	任行政院新聞局「第十八屆中小學優良課外讀物推介評選活動」漫畫類評審。
2000.09	任臺北市社會教育館創意漫畫班指導老師。
2000.12	參加「書畫山城～童書繪本原畫聯展」／新生命基金會 主辦。
2001.01	任太平洋崇光文教基金會文化教室美育老師。
2001.04	任行政院新聞局金鼎獎漫畫類評審。
2001.07	任臺北市圖書總館 90年度兒童暑期閱讀「藝想天開」活動講師。
2001	漫畫作品「我要土石，不要流」獲牛哥漫畫文教基金會「環境保護漫畫大賽」社會大專組佳作獎。

2002.02.02－28	舉辦各行各業紙上博覽會－劉宗銘圖畫原作展／臺北市行天宮圖書館敦化本館展覽室。
2002.05.11	赴淡水參加劉興欽超世紀師生會。
2002.08.02－29	舉辦劉宗銘彩瓷、繪畫個展／臺北縣臺華陶瓷公司臺華藝術中心。
2003.04 2003.04.02－13	參加臺北縣立鶯歌陶博館「瓷畫童話．說童話」／兒童文學作．畫家共同創作。 舉辦劉宗銘天馬行空個展／新竹市政府文化局。 任行政院新聞局92年圖書金鼎獎漫畫類評審。
2003.07 2003.07.06 －10.19	參加「挑戰2008之建立本土漫畫工業計畫會議」／行政院新聞局。 參加彩繪童心、瓷畫童畫聯展／臺北縣立鶯歌陶博館。
2003.08	任行政院新聞局「第21屆中小學優良課外讀物推介評選活動」漫畫類評審。
2003.12	任臺灣促進和平基金會「和好日，和好卡」繪畫比賽評審。 銘傳大學演講「漫畫在插畫與設計上的表現及應用」。
2004.10	任臺北縣政府93學年度學生美術比賽，漫畫類評審。
2004.12	任臺灣促進和平基金會「和好日，和好卡」繪畫比賽評審。
2005.02.16－28	舉辦劉宗銘春之旅畫展／臺北孟焦畫坊。
2005.04	任太平洋SOGO文教基金會「2005年第一屆兩岸兒童『童年紀事』繪畫比賽」評審。
2005.05	任交通部「交通安全」繪畫比賽評審。
2005.06	任麥當勞基金會「原住民族兒童繪畫」評審。
2005.07	任純青社會福利基金會「兩岸少年兒童繪畫比賽」評審。
2005.08	任國語日報「相招來畫總統府」兒童繪畫比賽評審。 任福報文學獎第一屆漫畫類評審。
2005.09	任新莊文化中心「印象新莊」漫畫評審。
2005.10	任臺北縣政府「94學年度學生美術比賽」漫畫類評審。
2006.02	任行政院新聞局「第26次中小學生優良課外讀物推介評選活動」漫畫類評審。
2006.03	三峽有木國小演講「彩繪迎春—與畫家有約」。
2006.05	任行政院新聞局「95年度劇情漫畫獎」評審。
2006.08－2017.01	任國立臺灣藝術大學多媒體動畫藝術學系兼任助理教授。
2007－2009	任中華漫畫家協會第三屆常務理事。

2007.06	任臺北縣政府平溪天燈畫家。 任國立臺灣藝術教育館「全國學生圖畫書創作獎」評審。
2007.07	任交通部中油公司「兒童畫比賽」評審。 漫畫作品《愛在一起》，獲國立編譯館乙類短篇漫畫佳作獎。
2007.11	任紅十字會「兒童漫畫著色比賽」評審。
2008.06	任國立臺灣藝術教育館「全國學生圖畫書創作獎」評審。
2008.07－2020.08	任味全基金會「暑期插 ・ 漫畫營」指導老師。（持續中）
2008.08	任臺北市中崙漫畫圖書館「第9屆漫筆獎」評審。 漫畫作品《形形色色 ・ 總是美》，獲國立編譯館乙類優勝獎。 任商訊文化「薪光幫漫畫大賽」評審。
2008.11	任紅十字會「兒童漫畫著色比賽」評審。
2009.01	任行政院新聞局「第31次中小學生優良課外讀物推介評選活動」漫畫類評審。
2009.02－2016.01	任復興美工課外活動漫畫指導老師。
2009.06	任國立臺灣藝術教育館「全國學生圖畫書創作獎」評審。
2009.08	任臺北市中崙漫畫圖書館「第10屆漫筆獎」評審。 任國語日報繪畫比賽評審。
2009.12	任紅十字會「兒童漫畫著色比賽」評審。
2010－2012	任中華漫畫家協會第四屆理事。
2010.04	任臺北縣政府文化局「北縣興設動漫館」諮詢委員。
2010.06	任國立臺灣藝術教育館「全國學生圖畫書創作獎」評審。
2010.08	任臺北市中崙漫畫圖書館「第11屆漫筆獎」評審。 任臺灣兒童暨家庭扶助基金會「第五屆家扶奧斯卡」評審。
2010.09	漫畫作品《藍色星球 · 驚嘆號》獲國立編譯館乙類優勝獎。 任臺北市家庭教育中心「繪畫比賽」評審。
2010.10	任紅十字會「兒童漫畫著色比賽」評審。
2011.01	任行政院新聞局「第33次中小學生優良課外讀物推介選評活動」漫畫類評審。
2011.03	任永達保險經紀人公司「全國創意繪畫比賽」評審。 參加繪本花園「臺灣兒童圖畫書百人插畫展」聯展／國立臺灣美術館。
2011.04	任臺北市家庭教育中心「祖孫情繪畫比賽」評審。 任臺北市老松國小「四格漫畫比賽」評審。

2011.06	任國立臺灣藝術教育館「全國學生圖畫書創作獎」評審。
2011.08	任臺北市中崙漫畫圖書館「第12屆漫筆獎」評審。 參加新竹縣政府「新竹縣動漫發展圓桌論壇」會議。
2011.10	任新北市政府「100學年度學生美術比賽」漫畫類評審。 任新北市政府文化局「又一村藝文館整修暨動漫藝術培植發展計畫」評委。
2011.11	任紅十字會「兒童漫畫著色比賽」評審。
2012.04	高雄市橋頭圖書分館主講「兒童文學插畫」。
2012.06	任國立臺灣藝術教育館「全國學生圖畫書創作獎」評審。
2012. 07	應邀國科會「臺灣科普傳播事業發展計畫」於成大、逢甲大學教授漫畫。 任行政院文化部「金漫獎」評審委員。
2012.08	任臺北市中崙漫畫圖書館「第13屆漫筆獎」評審。
2012.10	任嘉義長庚大學「繪本講座」／兒童藝術教育基金會主辦。
2012.11	任臺灣科普南部五縣市大學「漫畫視訊教學」教授。 任紅十字會「兒童漫畫著色比賽」評審。
2013－2015	任中華漫畫家協會第五屆理事。
2013.01	應邀國科會「臺灣科普計畫」於成大教授漫畫。
2013.03	任臺北市中崙漫畫圖書館市民講座「漫畫生活樂趣多」。
2013.04	任逢甲大學通識教育中心「科普書籍－科學漫畫」講座教授。
2013.07	任臺北市三民圖書館「市民漫畫營」講座。 任國立臺灣藝術教育館「全國學生圖畫書創作獎」評審。
2013.08	任臺北市中崙漫畫圖書館「第14屆漫筆獎」評審。
2013.09	任臺北市內湖圖書館市民講座「繪本生活樂趣多」。
2013.10	應邀高雄科學工藝博物館「漫畫教學」。
2013.11	應邀苗栗縣苑裡圖書館「漫畫營」教學。 任紅十字會「兒童漫畫著色比賽」評審。
2013.12	任國科會「臺灣科普漫畫營」成大班教授。
2014.04	任逢甲大學通識講座「科學漫畫」。
2014.06	任國立臺灣藝術教育館「全國學生圖畫書創作獎」評審。
2014.07	任全國巡迴文藝營指導教授／宜蘭縣政府．聯經出版公司主辦。
2014.08	任臺北市中崙漫畫圖書館「第15屆漫筆獎」評審。

2014.12.14、20 2014.12	應邀「臺灣科普」成大班授課兩次。 任紅十字會畫評。
2015－2017	任中華民國兒童文學學會第十一屆常務理事。
2015.05	新北市動漫館主講「漫畫技巧」。
2015.06	任國立臺灣藝術教育館「全國學生圖畫書創作獎」評審。
2015.08	任臺北市中崙漫畫圖書館「第16屆漫筆獎」評審。
2016－2018	任中華漫畫家協會第六屆理事。
2016.05	新竹文化局讀書會主講「如何培養孩子的美感與創意」。
2016.10	任中華民國兒童文學學會「漫畫風格的繪本」講座。
2016.11	任獅子會畫評。
2017.03	任講義月刊兒童畫評／第22屆溫馨家園－童言童畫比賽。
2017.06	任國立臺灣藝術教育館「全國學生圖畫書創作獎」評審。
2017.10	任中華民國兒童文學學會「旅行拼圖」講座。 任新北市新莊區光華國小「故事繪本」講座。 任紅十字會畫評。
2017.11	任獅子會畫評。
2017.12	任幼獅出版公司畫評。
2018.03	任講義月刊兒童畫評／第23屆溫馨家園－童言童畫比賽。
2018.04	任臺北市中崙漫畫圖書館市民講座「漫畫生活的發現」。
2018.05	參加雲林縣元長國小《香噴噴大道》分享會。
2018.06	任國立臺灣藝術教育館「全國學生圖畫書創作獎」評審。
2018.08	任臺北市中崙漫畫圖書館「第19屆漫筆獎」評審。
2019.01	任紅十字會畫評。
2019.02	任「107年臺灣閱讀節」漫畫教學講師／國家圖書館。
2019.03	任講義月刊兒童畫評／第24屆溫馨家園－童言童畫比賽。
2019.05	任楊喚徵文、徵圖比賽畫評／中華民國兒童文學學會．臺北中山堂合辦。
2019.12	主講「耶誕卡．新年漫畫賀卡繪作」／臺北市圖中崙分館市民講座。
2020.03	任講義月刊兒童畫評／第25屆溫馨家園－童言童畫比賽。
2020.09	法務部「炎夏漫活•創意說話」四格漫畫比賽評審。
2021.03.11 ～04.11	舉辦「漫遊世界•童心童畫—劉宗銘作品展」／新北市國立臺灣圖書館雙和藝廊。

編後語

洪文瓊

名畫家劉宗銘老師是中華民國兒童文學學會的創始會員，曾擔任好幾屆理事，也多次捐贈作品給學會義賣，對學會貢獻甚大。今年，中華民國兒童文學學會協同國立臺灣圖書館，在新北市該館雙和藝廊，合辦『漫遊世界・童心童畫—劉宗銘作品展』。這本專集就是配合他的回顧展而編纂的。承蒙劉老師、學會游珮芸理事長的信任，委授本人及東大初教系退休教授藍孟祥負責編輯事宜。本著編輯名家創作專輯，為臺灣兒文界留下一些可供研究史料的信念，藍老師與本人都同感榮幸。

劉老師從高中時代就展現創作才華，大學進入國立藝專雕塑科深造，迄今創作不輟。他的作品類型很多，有平面、有立體，有漫畫、圖畫書，有插畫、封面設計、賀卡、速寫等不同類型。除了圖象藝術的創作外，他也是文字創作高手，他作品量最多的是漫畫，每本漫畫都是他自己編繪。最特別且值得一提的是他也創作過劇本。他的《烏龜號特快車》皮影戲劇本，從劇本、影偶的設計製作到演出，全部自己來。更令人激賞的是，他最後還把此劇本演化為頗受歡迎的圖畫書和電子書－－《好朋友一起走》（均由信誼出版），替國內兒文界創下很好的轉換創作範例；由此也可見劉老師才華的多樣性。

由於劉老師的作品量多且類型豐富，究竟要如何分類編排，才方便讀者瀏覽閱讀，藍老師和本人跟劉老師有過好幾回合的討論，這是本專集編輯上最為費心力的地方。正是劉老師的作品樣式多，本人在此回專集編輯，才充分感受到圖書與藝術作品不好分類。

專集編輯最困擾人的，通常是資料的蒐集、匯總。劉老師平日就有留存自己作品資料的好習慣，且都有妥善整理，因此本專集並無資料蒐集匯總的困擾。唯劉老師一直是活在拿筆創作的前數位農耕時代，他保存的紙本印刷資料和手繪原稿，在當今編輯已走上數位化的時代，都要先轉化成電子數位檔，才能進行編輯。很感謝藍老師自願義務承擔轉化的掃描、修圖與後端的編輯工作，沒有藍老師的無私奉獻，本專集可說無法在不到一年的時間內完成。

捐助編印本專集徵信錄

（以單位名稱、姓氏筆畫排序）

·小魯出版社	6,000元
·方　濟	3,000元
·臺灣數位童書學校	25,000元
·林武憲	2,000元
·周靖宜	1,000元
·范光淦/楊晉英賢伉儷	私購陶藝品贊助
·財團法人味全文化教育基金會	10,000元
·財團法人信誼學前教育基金會	30,000元
·國立藝專第三屆雕塑科同學會	30,000元
·張傳財	20,000元
·曹俊彥	1,000元
·彭丹桂	1,000元
·樓桂花	5,000元
·潘美珠	2,000元
·蔡小泓	1,000元
·蔡秀敏	2,000元
·蕭澧湧/翁蓮珠賢伉儷	2,000元
·謝桂珠	6,000元

信誼幼兒文學獎

發現台灣原創圖畫書的好滋味

30多年來，信誼基金會和許多優秀的童書作家共同努力，創作了《媽媽，買綠豆》、《子兒，吐吐》、《Guji Guji》、《我和我家附近的流浪狗》、《好想吃榴槤》、《劍獅出巡》、《好忙的除夕》、《尋貓啓事》等經典圖畫書，和孩子分享在地的生活與文化，讓孩子對生命有更多不同的感受。

信誼基金會 https://40story.hsin-yi.org.tw/

信誼幼兒文學獎 https://www.kimy.com.tw/ChildrenLiteratureAward

台北市 100 重慶南路二段 75 號

文學獎影片

國家圖書館出版品預行編目(CIP)資料

漫遊世界.童心童畫 劉宗銘作品集/劉宗銘作.
-- 臺北市 : 中華民國兒童文學學會, 2021.01

232面 ; 21*30公分

ISBN 978-986-95310-4-7(平裝)
1.劉宗銘 2.畫家 3.自傳 4.臺灣

940.9933　　109017070

漫遊世界・童心童畫　劉宗銘作品集

作　者：劉宗銘
電子信箱：ahmingliou @ gmail.com
電　話：0933-881846

發 行 人：游珮芸
編輯委員：吳淑玲、陳芳美、洪文瓊、藍孟祥
策劃主編：洪文瓊、藍孟祥
封面原圖：劉宗銘
內頁編排：藍孟祥

發行單位：中華民國兒童文學學會
電子信箱：sclroc @ ms26.hinet.net
地　址：10367臺北市大同區酒泉街44號1樓
電　話：02-2595-4295

印　刷：卡樂彩色製版印刷有限公司
出版日期：2021年1月出版
定　價：新臺幣1000元整
ISBN：978-986-95310-4-7